TOMBOY

TOM

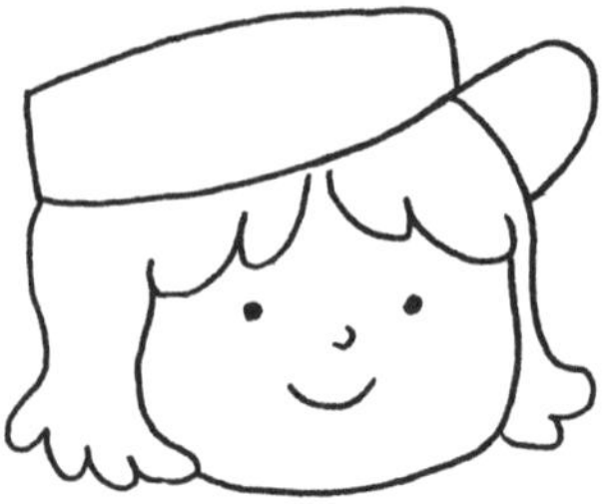

B O Y

WILLCOMPANY

Tomboy: A Graphic Memoir

Copyright ⓒ 2014 by Liz Prince
All rights reserved.

Korean language edition ⓒ 2018 by WILLCOMPANY
Korean translation rights arranged with Zest Books through EntersKorea Co., Ltd., Seoul, Korea.

이 책의 한국어판 저작권은 (주)엔터스코리아를 통해 저작권자와 독점 계약한 윌컴퍼니에 있습니다.
저작권법에 의하여 한국 내에서 보호를 받는 저작물이므로 무단전재와 무단복제를 금합니다.

옮긴이 **윤영**

서울대학교 미학과를 졸업하고 같은 대학원에서 고고미술사학과를 수료했다. 현재 번역 에이
전시 엔터스코리아에서 출판기획자 및 전문번역가로 활동 중이다.
옮긴 책으로는 〈딩크던컨과 미스터리 수사대 시리즈〉〈나만의 달〉〈아기 너구리의 길 찾기〉
〈못 말리는 피니와 퍼브〉〈윌리 삼촌의 낡은 갈색 신발〉〈밴조와 루비레드〉〈나쁜 쥐들〉〈리
플의 미소〉〈세상에서 젤 유명한 그림: 흐름이 보이는 명화 이야기〉〈세계 문화 여행: 일본〉
〈세상의 끝에서 에덴을 발견하다: 카누 여행 가이드가 들려주는 북극 이야기〉 등 다수가 있다.

톰보이
젠더 경계를 거부하는 한 소녀의 진지하고 유쾌한 성장기

펴낸날 | 2018년 6월 29일
지은이 | 리즈 프린스
옮긴이 | 윤영
펴낸곳 | 윌컴퍼니
펴낸이 | 김화수
등록 | 제300-2011-71호
주소 | (03174) 서울시 종로구 사직로8길 34, 1203호
전화 | 02-725-9597
팩스 | 02-725-0312
이메일 | willcompanybook@naver.com
ISBN | 979-11-85676-47-0 03840

이 도서의 국립중앙도서관 출판예정도서목록(CIP)은 서지정보유통지원시스템 홈페이지
(http://seoji.nl.go.kr)와 국가자료공동목록시스템(http://www.nl.go.kr/kolisnet)에서
이용하실 수 있습니다.(CIP제어번호: CIP2018018550)

이 책을 이 강인한 여성들에게 바칩니다.

우리 엄마 린다 프린스는 강한 의지의 자녀 셋을 길러내셨으며 우리 모두를 지지하고, 이해하고, 존중해 주셨습니다.

인생에서의 힘든 일들을 좀 더 자세히 들여다보라고 가르쳐 주셨던 게일 스나이더. 나에게 의지만 있다면 힘든 일을 통해서도 배울 게 있다고 하셨지요.

클레어 샌더스, 그녀는 유머 감각 있는 당당한 모습으로 암을 받아들였어요. 그리고 여전히 웃으면서 자신에게 주어진 삶을 헤쳐 나가고 있지요.

CHAPTER 1

리즈 프린스
톰보이, 4살

늘 쓰는 빨간
야구 모자

포플
(영원한 내 친구)

물려받은 회색 재킷
(내가 가장 좋아하는 옷,
친구 벤이 준 것)

멋진 스니커즈 운동화
(30년이 지난 지금까지도
내 옷장을 차지하고 있는
주요 아이템)

기본적인 상태 : 원피스를 입을 필요가 없는 이상 완전 행복한 아이

그럼 이쯤에서 무슨 일이 있었던 건지 설명을 좀 해드려야겠네요.

리즈 프린스, 톰보이, 31살

얼핏 꼬맹이가 다짜고짜 성질을 부리고 버르장머리 없이 구는 것처럼 보이겠지만, 사실은 그렇지 않아요…

저더러 여자아이 같이 행동하라고 은근슬쩍 압박을 주지만 않으면 저도 폭발하지 않는다고요.

보시다시피 저는 날 때부터 의지가 확고한 아이였어요.

그리고 날 때부터 톰보이였죠.

아마 이랬을
것 같아요…

축하합니다.
여자아이네요!

그건 당신
생각이고요.

물론 저의 자립을 주장할 수
없던 시점도 있었어요.

함께 보시죠.

프린스네
가족사진

두 살 이전에는 원피스를 입고 찍은
사진이 한 무더기나 있어요.
그때도 불만을 표현하고 싶었겠지만
그럴 능력이 없었던 거겠죠.

여기 고모 결혼식에서
화동을 맡은 제 모습이
보이네요. 사진만 보면
좋아 보이는군요.

↓

하지만 부모님
얘기로는 제가 결혼식이
끝나자마자 원피스를 벗어
던지고, 발 달린 잠옷을 입은 채
피로연 무대에서 춤을 췄다고 하네요.

거부할 수 있는 나이가 되고 부터는, 원피스는 그저 옛 물건이 되어 버렸어요.

안녕, 엄마. 제가 원피스를 혐오하는 걸 보고 무슨 생각을 하셨어요?

난 그저 네가 편안했으면 좋겠다고 생각했어. 나도 원피스 같은 건 입지 않았는데 너에게 억지로 입힐 필요는 없잖아?

역시 현명하셔. 사랑해요, 엄마.

나도 사랑한다.

부모님의 이런 태도 덕분에 유치원에서 사진을 찍을 때 저는 이런 옷을 입을 수 있었어요.

그래서 대체로 제 인생은 상당히 괜찮았어요. 학교에 들어가기 전까지 그리고 '젠더 규범'을 따라야 한다는 소리를 듣기 전까지는 톰보이란 말 자체를 몰랐거든요.

이런 노랫말이 있죠···

남자아이들은:

"양철가위와 달팽이,
강아지 꼬리로 만들어졌고"

여자아이들은:

"설탕과 향신료 그리고
온갖 멋진 것으로 만들어졌네"

정말 구닥다리 동요지만 아직도
세상엔 이런 생각이 만연해 있어요.

여자아이들은 예의 바르고
사랑스럽고 핑크와 프릴을 좋아하고
앙증맞고 새침해야 한다는 생각···

난 싫어!

우웩

저게 꼭 잘못됐다는 건
아니지만, 저랑은 전혀
안 어울리는 것
같네요.

그렇다면, 톰보이(TOMBOY)란 무엇일까요?

확실히 이런 주제는 젠더, 남성과 여성에 대한 많은 고민을 하게 만들어요. 도대체 무엇이 여자아이를 여자아이로 만드는가, 남자아이를 남자아이로 만드는 것인가 정의하려고 하면 처음엔 정말 혼란스럽거든요!

$$x+y = \text{👤} = ?$$

$$x+x = \text{👤} = ?$$

저에게는, 톰보이라는 게 옷차림의 문제를 넘어서는 거예요.

운동 같은 특별활동과도 상관 없고요.

그냥 나를 제대로 정의한다는 느낌이 들어요.

매우 진지하게 받아들인 생활 방식이랄까요.

그리고 전 그 방식은 반드시 지켜야 할 것 같았어요.

"**초**등학교 시절 저는 톰보이였답니다! 축구를 하면서 남자아이들과 친하게 지내기도 했고요! 어느 날 학교에서 가장 귀여운 남자아이 생일 파티에 초대된 거예요. 저는 신이 나서 가장 좋아하는 보라색 원피스를 입었고, 엄마는 제 머리를 양 갈래로 땋아주셨어요. 어울리는 색으로 매니큐어도 칠했죠! 그렇게 차려입으니 정말 기분이 좋았어요. 그때부터 모델 일에 대한 열정을 품어왔던 것 같아요. 그 남자애 집은 저희 집 근처였는데, 그 아이 집까지 걸어가던 중에 어깨에 새똥이 떨어져서 옷에 묻은 게 아니겠어요? 저는 집으로 달려가서 엉엉 울었어요. 다른 옷으로 갈아입고 가도 되는데도 저는 너무 화가 난 나머지 아예 파티에 안 가버렸죠."

CHAPTER 2

제가 기억하는 어린 시절의 저는 전통적인 '남아용' 물건을 더 좋아 했어요!!

*고스트 버스터즈 등장 캐릭터 — 역자

이 큰 선물은 할머니랑 아빠가 주시는 거야.

오~ 신나, 예~ 신나

찌이익—

북북

죽죽

......
인형의 집?

난 인형 놀이 안 하는데.

인형의 집

칼리코랑 크리터스 넣어두면 되겠네.

아

알았어요!

짝짝

제가 꼭 비밀스럽게 놓았던 건 아니에요.

야!

그 인형 어디서 났어?

A

사슴/드릴 팔

뱀/ 뱀 팔 + 전투용 도끼

내 배틀 비스트 인형이야. 집에서 갖고 왔는데.

우리 엄마가 그런 건 남자애들 거랬어. 우리 오빠가 갖고 노는 거야, 그거.

난 인형은 아무나 갖고 놀아도 된다고 생각하는데.

외롭게 놀지도 않았죠.

혼짝

쯧쯧, 또 이웃집 남자애들이랑 레슬링 하네.

헤드 록

철퍼덕

누르기

그래도 다들 리즈한테 져주네…

사촌 동생 루크는 저랑 한 살 밖에 차이가 안 났어요.
우리 둘 다 **고스트버스터즈** 만화를 엄청 좋아했기 때문에
둘은 가장 친한 친구가 되었죠.

우리 아주 열심히 만화를 봤어요.

피규어도 전부 다 모았고요.

모두 내 새끼 들이야.

프로톤 팩 모형도 모았죠.

트랩

유령 탐지기

프로톤 팩

하지만 무엇보다 최고는 집에서 직접 만든 코스튬이었어요!

누굴 부르는 거야?

(루크 옷이 제 것보다 더 나았어요.)

변장 놀이는 저에게 무척 중요했어요. 단지, 엄마의 하이힐을 신고
왕관을 쓰고 돌아다니는 전형적인 여자아이의 방식이 아니었을 뿐이죠.

전 누군가를 좋아하면 꼭 그 사람처럼 되고 싶었어요.
그래서 민망한 코스튬으로 흉내를 낸 인물들이 한둘이 아니었죠.
부모님들 입장에서는 정말 보기 괴로웠을 것 같아요.

루크 스카이워커 시기

요다

제다이 옷 대신 엄마 목욕 가운

손 안 보임!

인디아나 존스 시기

또 어떤 애들이 내 모자 갖고 놀렸어요!

쯧쯧

개구쟁이 데니스 시기

여기요, 윌슨 아저씨!

그중에서도 최악은 아마 굴욕적인 허클베리 핀 시기였을 거예요.

제 친구 타일러는 톰 소여를 흉내 냈죠.

제가 좋아했던 패션 스타일은 도대체가 기준이 없는 제멋대로였지만,
한 가지 확실한 건 저의 롤 모델은 모두 남자아이였다는 점이에요.

꾸적꾸적

뭐 그리니?

저랑 루크 스카이 워커요.

우리 둘이 이워크를 구하러 떠나는 거예요. 여기 포플도 있어요.

제다이

오, 그럼 넌 레아 공주인 거야?

아뇨

전 제다이인데요.

에이

난 구조되고 싶지 않았어요.

오비완 케노비, 도와주세요. 당신이 제 유일한 희망이에요.

난 영웅이 되고 싶었다고요.

내가 본 수많은 동화와 디즈니 영화에는 구원자를 기다리고 있는 여자가 등장하더라고요.

잠자는 숲속의 공주는 영원히 잠에 빠지는 저주를 받아요. 백마 탄 왕자님의 키스만이 그녀를 구할 수 있죠.

백설 공주는 독이 든 사과를 먹고 잠자는 숲속의 공주와 같은 비극에 고통받게 되었고요.

라푼젤은 평생을 탑에 갇혀서 자신을 구해줄 남자를 기다리고 있어요.

오늘처럼 기쁜 날이 와서 얼마나 다행인지.

여자가 주인공인 동화에서도 꼭 남자가 인기를 독차지해요.

백마 탄 왕자는 더 이상 필요 없어. 힘을 내, 여자들이여!

선택의 순간에 저는 왕관을 쓰는 대신 검을 휘두르기로 했어요.

덤벼라!

휙

그러다 보니 저는 날 때부터 남자아이였던 사람들을 부러워하기도 했어요.

소녀스러운 옷차림에 대한 거부감은 아주 확고했고요,

완전 멋져!

남아용 수퍼 마리오 브라더스 팬티와 티셔츠!

또 야구 모자를 늘 쓰고 다니기 시작했죠.

아이고, 아주 귀엽게 생긴 머슴애네.

?

네?

어, 저요…?

어머, 거기 여자 화장실인데.

…그치만

종종 남자아이로 오해받는 것도 그리 놀라운 일이 아니었어요.

… 꼬마 신사분은 뭘로 줄까?

음

그릴드 치즈요!

잘 골랐네요.

그렇지만 전 그게 좋았어요.

CHAPTER 3

제가 여섯 살 때, 부모님은
남동생 제이미와 저를 데리고
이사를 하셨어요.

여기로

뉴멕시코 주 산타페 외곽

여기서
원래 살던 곳으로 입양

초록 풀밭과 큰 나무들이 있던 곳을 두고

풀풀 날리는 흙먼지와 작은 덤불, 선인장이 있는 곳으로 온 거죠.

평생을 함께 지내던 친구들을 두고

낯선 사람들의 공간으로 온 거예요.

사막은 너무 불편했어요. 태어나서 처음 보는 동물들 때문에 무섭기도 했고요.

큰 털투성이 타란튤라가 집안에 나타났어요.

지네도 있었는데, 이 녀석은 반 토막이 나도 계속 꿈틀거리고 다녔어요!

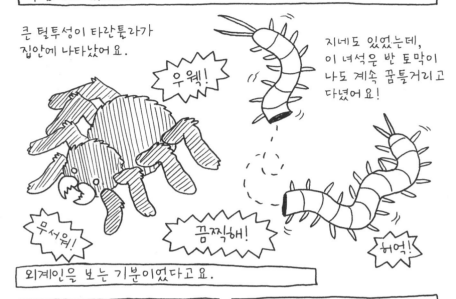

우웩!

무서워!

끔찍해!

휘억!

외계인을 보는 기분이었다고요.

넘어졌다 하면 선인장 위로 나자빠지기 일쑤였고,

!

턱

덤불 속을 지나가면 양말에 따끔거리는 가시가 잔뜩 붙었어요.

아야

제이미와 저는 정말 적응하기 힘들었어요.

저는 빨리 학교에 입학해서 새로운 친구를 사귀고 싶었어요.

이제 와서 생각해 보면, 그런 요상한 아이템들을 잔뜩 들고 가는 게 좋은 생각은 아니었던 것 같아요.

오, 왔다!

안녕하세요!

야! 너 꼭 농부 같다!

농부라고?!

하하

나?!

허걱

왔어?
오늘 하루
어땠니?

이 안에
여동생
들어있음

버스에서 어떤
애가 나더러
농부 같다고
했어요!

집에 오는 길에 그랬어?

아뇨,
아침에요.

그것 때문에 아침부터
계속 속상했던 거야?

끄덕

나중에야 알게 됐지만, 그 애가 저를 농부라고 부른 이유는 그때까지
야구 모자를 쓴 여자애를 한 번도 본 적이 없어서였대요.

재킷을 입고
가죽 서류 가방을 들었는데
농부라고 부르다니,
저는 그 아이러니가 좀처럼
이해되지 않았어요.

스쿨버스에서의 그 사건을 시작으로 옷 취향 때문에 놀림을 받은 게 한두 번이 아녔어요.

저 호모 잡아라!

하지만 모든 게 다 나쁘진 않았답니다. 이웃 중에는 내 또래 남자아이들이 많이 있었고, 저는 몇몇 아이들과 친구가 되었죠.

프랭크   카를로스   롭

프랭크랑 저는 같이 도마뱀을 잡았어요. 부모님은 제가 잡은 도마뱀을 풀어주라고 하셨죠.

하지만 프랭크 부모님은 집이 동물원이 되어도 개의치 않으셨어요. 프랭크는 도마뱀이랑 뱀을 엄청 많이 키웠죠.

나는 뱀이 싫어.

야, 이것 봐!

으아아

왜 그래, 그냥 도마뱀인데.

야, 이것 봐!

으아아

쉭쉭

왜 그래, 그냥 뱀인데.

좀 역시 엄청난 고스트버스터즈 팬이었어요.

나도 그 장난감 있어!

우리끼리 유령 퇴치단을 만들기도 했어요.

누굴 부르는 거야?

한 번은 풀밭에서 죽은 새를 발견한 적이 있었어요.

우린 자정에 다시 와서 새의 영혼을 퇴치하기로 약속했어요.

우린 둘 다 약속을 지켰다며 서로에게 거짓말을 했죠.

하지만 다음날 풀밭에 다시 갔을 때 새는 사라지고 없었어요…

…우린 잔뜩 겁을 먹었죠.

45

*둘 다 고스트버스터즈 등장인물—역자

그리하여 어린이의 탐험 정신에 따라

키스하면 어떤 느낌이까?

글쎄

으쓱

가끔 슬라이머랑 벵크맨*이 키스하는 거 보면 정말 역겹던데!

하하

우리가 해 보고 진짜 기분이 어떤지 보자.

그래

쪽

역겨워! 네 침이 나한테 묻었어!

하하하

···저는 아무한테나 키스했어요.

프랭크, 나랑 키스할래?

어, 그래.

48

저는 별로 개의치 않았어요. 키스라는 게 텔레비전에서 보여 지는 것
만큼 재밌지가 않았거든요.

그러면서도 여전히 운동장에서 남자애들에게 키스하겠다고 달려드는
여자애들을 보면 묘한 만족감이 느껴지긴 했어요.

저에겐 다른 문제가 있었어요. 저랑 키스까지 한 남자애들이 학교에
서는 저를 친구로 인정해주지 않았던 거죠.

50

저는 따돌림 당하는 아이였어요.

블러디 메리는 특히 톰보이를 납치하는 걸 좋아한대.

무슨 말을 하는 건지 모르겠어.

톰보이는 남자가 되고 싶어 하는 여자를 뜻하는 거야. 바로 너처럼!

넌 남자 화장실로 가.

흥! 맞아!

하하 하하

그렇게 저는 걱정거리가 두 개 생겼어요.

첫 번째 걱정은 그 유령이 복수심에 불타 조잡한 거울이 붙어 있는 우리 집 거실 벽에서도 나오는 것은 아닐까 하는 것이었어요.

두 번째 걱정은 그 여자애들 말이 맞는 건가 하는 것이었죠. 어쩌면 난 남자가 되고 싶은 건지도 몰랐어요. 그렇지 않고서야 왜 우주의 왕자 히맨을 나의 영웅으로 삼았겠어요?

한 번도 생각해 본 적 없었지만, 난 정말 남자가 되고 싶은 건지도 몰라.

근데 그게 그렇게 나쁜 건가? 남자가 여자 보다 더 멋진데.

휙썩

여자애들은 못됐어. 난 여자가 아니야…

퍽

난 원래 남자로 태어났어야 해.

어쩌면 난 진짜 남자고 몸은 나중에 천천히 바뀌는 거 아닐까?

확실히 저는 생물학에 대한 지식이 딱히 없는 2학년짜리 아이였어요.
그리고 비현실적인 기대와 상상을 잘 하는 아이였지요.

리즈 프린스,
톰보이,
3살

나 커서 저 만화
주인공 되고
싶어요.

리즈, 만화는
실제로 있는 게
아니야.
저건 그림일
뿐이란다.

아니에요.
디즈니랜드에서
만화 주인공
만났잖아요.

기억 안 나요?

그건 인형 속에
사람이 들어가
연기하고 있는
거야.

아

그럼 커서 만화
주인공 연기하는
사람이 될래요.

그럴래
?

저는 남자가 되고 싶다는 욕망을 비밀로 간직하고 있었어요. 하지만 그건 누가 봐도, 음, 알아챌 수 있었어요.

리즈는 여장 남자래요.

꺼져!

메롱 메롱

여자애들은 내가 남자같이 행동한다며 나를 피했어요.

넌 여자 농구팀에 들어올 수 없어.

그래! 가서 남자 애들이랑 놀아!

원하신다면

남자애들은 내가 여자라서 피했죠. 내가 아무리 남자처럼 행동한다 해도 말이에요.

말도 안돼! 넌 우리 팀에 못 들어와!

여자가 무슨 농구야.

하하, 얘는 심지어 진짜 여자도 아니야.

그럼 더 구리겠네.

*

*아빠는 꼭 필요할때 가운뎃손가락 사용의 필요성을 가르쳐 주셨죠.

56

얼마 후 여동생 크리스티가 태어났어요.

축하합니다!
여자아이네요!

이번엔 진짜야.

우리는 산타페 안에서 또 다른 지역으로 이사를 했어요.

코치티
호수

산타페

엘도라도

새로운 동네는 새로운 학교를 뜻했고,

다시
시작이군.

새로운 학교는 구원의 기회를 뜻했죠.

아직까지는
아무도 날 안 놀렸어.
지금까진 좋았어!

적어도 한동안은요.

CHAPTER 4

저는 태어나서 처음으로 다른 톰보이들을 만났어요.

테리

* 나랑 같은 반.
* 과학과 만화를 좋아함.
* 박쥐를 키우고 싶어 함.
* 야구 관람을 좋아함.
* 포니테일 머리.

에린

* 테리랑 단짝.
* 가수 퀸과 폴리스를 좋아함.
* 개를 키움. 접시 위에 놓인
  음식을 자꾸 훔쳐 먹는 녀석.
* 포니테일 머리.

저는 이 애들과 완전 잘 어울렸어요. 포니테일 머리도 아니었는데 말이죠.

에린과 저는 오디오를 크게 틀어놓고 침대 위에서 방방 뛰며 큰소리로 노래를 따라 불렀어요.

맞아요, 저는 그 애들과 한 패거리가 되었어요.

* 에린의 오빠는 꼭 필요할때 욕을 할 줄 아는 게 얼마나 중요한지 에린에게 가르쳐 주었다고 합니다.

그런데 안타깝게도, 나의 이러한 태도가 나를 괴롭히는 애들한테는
오히려 나쁜 짓을 할 구실이 되어 주었어요.

띵동땡동 동동땡동

어쩌지, 쉬는 시간이
끝났네. 또 늦으면
큰일이야!

저기 온다,
하하.

훌러덩 자빠져라!

훅

틱

내가 진짜 남들과 다르긴 다른가 봐. 그러니 날 이렇게 가만 두질 않지.

훌쩍

리즈, 무슨 일이니? 피가 나잖아.

넘어졌어요

조심 좀 하지 그랬니. 양호실에 가자.

네

저는 괴롭힘 당한다는 사실을 아무에게도 알리고 싶지 않았어요. 나에게 신체적으로 해를 입힐 만큼 누군가 날 싫어한다는 사실이 알려지면 너무 부끄러우니까요.

아이고, 저런. 바지도 찢어졌네. 다른 바지 가져 오시라고 부모님께 전화할까?

아뇨

전 괜찮아요

저는 손과 무릎, 팔꿈치에 반창고를 붙이고 놀림당한다는 티를 내야만 했어요. 물론 저만 아는 사실이었지만요.

부모님에게까지 무슨 일이 있었는지 말하지 않았어요.

남동생이 한 거라고는 머리를 기른 것뿐이었어요. 심지어 몇 년 후에 그런지(GRUNGE) 스타일이 빵 떠서 긴 머리가 유행했으니, 제이미는 시대를 앞서간 것뿐이죠. 미처 진가를 인정받지 못한 패션 선구자랄까요.

긴 머리

남자용 모자

남자용 셔츠

남자용 바지

남자용 신발

남자용 셔츠

남자용 바지

남자용 신발

증상 : 아직 남자임

증상 : 아직 남자가 되고 싶어 함

이건 반칙이야! 난 그 형한테 아무 짓도 안 했단 말이야!

엄마도 알아.

놀림 받는 게 얼마나 속상한 일인지 저는 잘 알고 있었어요.

그래서 내 손으로 이 일을 해결해 보겠다고 결심했지요.

그 자식 내가 본때를 보여 주겠어.

매일같이
필사적으로
싸우는
사이였죠.

제 입장에서 보자면, 걔는 늘 제
물건을 훔쳤어요.

장난감도 부쉈고요.

하지만 동생 입장에서 저는 양보라고는 모르는 이기적인 누나였겠죠.

저는 제 용기 있는 행동 덕분에 우리 사이가 좋아졌을 거라고 생각했어요.
저보다 적어도 두 살이나 많은 남자애한테 제대로 한 대 맞았으니까요.

알고 보니 내가 승리감에 도취되어 우쭐거릴 때 그 6학년 녀석이 이런 말을 했다고 해요.

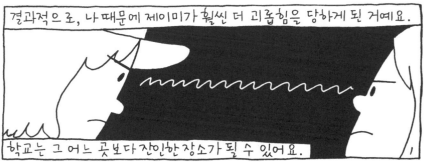

결과적으로, 나 때문에 제이미가 훨씬 더 괴롭힘을 당하게 된 거예요.

학교는 그 어느 곳보다 잔인한 장소가 될 수 있어요.

우리 아빠가 그러는데 가난한 애들이나 도시락 싸 오는 거래.

···그러니까 조지 부시에게 투표해야 더 살기 좋은 세상을 만들 수 있습니다.

저런 개소리를 하다니

우리 종종 들은 대로 말하는 경향이 있어요. 그게 무슨 뜻인지 정확히 알지도 못하면서 말이죠.

···왜 그렇게 말하라 고 시키는 건데요?

히히

부엌 싱크대에서 적당한 비유를 찾아보죠…

어린이는
무척 쉽게
확고한 신념을
가질 수 있어요.

부모나 학교, 미디어로부터 받은
정보를 무작정 흡수하거든요.

그리고 그걸 그대로 쏟아내죠.

꾸엑

그래서 여러분의 행동이나 겉모습이 모든 사람이 표준이라고 생각하는 것과 다르다면,

여러분은 사람들이 쏟아내는 온갖 반응을 다 견뎌야 해요.

우리 남매는 서로를 도와줬어야 했는데,

실제로는 그냥 현실을 받아들일 뿐이었죠.

CHAPTER 5

맞고 다니는 게 방과 후 활동의 전부는 아니었어요.

걸 스카우트는 나름 재미있었어요. 미술, 공예 시간도 많았고요. 그렇지만 테리 엄마에겐 짜증 나는 규칙이 엄청나게 많았어요.

아이스캔디 막대에 풀칠이 필요하면 내가 직접 발라줄 테니까 자기 마음대로 풀칠하지 말아요.

유치원생들도 풀칠은 직접 하는데.

봉사활동도 지겨웠어요.

다른 사람이 공원에 버린 쓰레기를 왜 내가 주워야 해? 난 이런 짓 절대 안 하는데!

그리고 저는 걸 스카우트 쿠키를 내가 직접 사 먹는 유일한 아이였어요.

걸 스카우트에 쿠키 값 328달러 내야 돼요.

우적 우적

그래도 폼 나는 초록색 띠는 마음에 들었어요.

워낙 경쟁심이 강해서 배지도 제일 많이 따고 싶었어요.

스테이시가 나보다 4개나 많잖아?

79

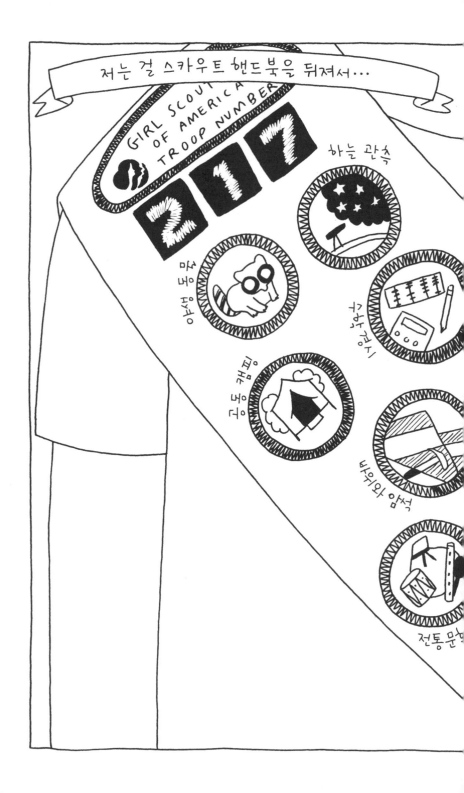

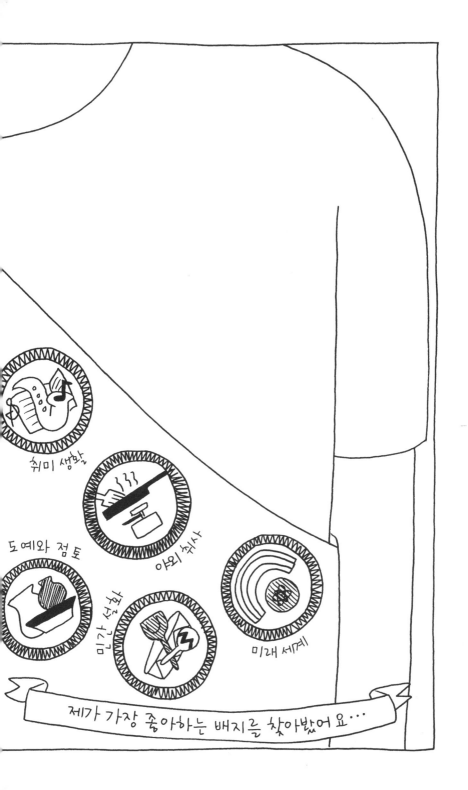

취미 생활

도예와 점토

야외 추사

미래 세계

제가 가장 좋아하는 배지를 찾아봤어요···

그리고 배지를 따기 위해 꼭 해야 할 과제를 하지도 않고 한 척했죠.

build a fire
side

지난 주말에 새로운 새 종류를 200가지나 관찰했다고? 정말로?

...넹

스카우트 선서를 반드시 지켜야 되는 건 아니잖아요, 그렇죠?

저는 2년 동안 걸 스카우트 활동을 했고, 놀랍게도 저랑 잘 맞았어요!

하 하 하 하 하 하 하

야구는 제가 가장 좋아하는 운동이었어요.

아빠랑 TV로 경기를 봤죠.

YOU'RE OUT!

아니, 심판은 어떻게 보는 거야?!

우리 아빠 정말 똑똑해.

풀밭에서 동생이랑 캐치볼도 했어요.

(선인장 조심해!)

유명한 투수가 되고 싶은 꿈도 키웠어요. 메이저 리그에서 뛰는 최초의 여성 투수가 되는 거죠.

하지만 운동에서 자신감을 얻으려면 자신을 격려해주고 열정을 재능으로 바꿔 줄 코치와 팀원이 필요한 거잖아요.

저는 외야에 서서 헛된 공상만 했어요.

리즈, 너 같은 투수가 필요해. 이걸 해낼 사람은 너밖에 없어.

삼진 아웃! 또다시 노히트 노런이네요!

네 덕분에 게임 볼을 땄어. 진짜 대단하구나!

고마워요, 코치님!

야! 너희 팀이 공격할 차례야! 운동장에서 나가!

저는 같은 팀 남자애들이 왜 저를 피하는 건지 도통 알 수가 없었어요.
야구를 하는 여자애는 안 하는 애들 보다 훨씬 더 멋지다고 생각할 줄
알았는데 말이에요.

지나고 나서 생각해 보니, 그 애들은 나를 싫어했다기보다 자기 팀에
여자가 들어오는 게 팀에 약점이 된다고 생각한 거예요.

그 애들이 나를 약하게 보는 것도 당연했어요. 나 역시 다른 여자애들을 나약하게 생각했었거든요.

그러니 열 살 먹은 남자애들한테 내가 꽤 괜찮은 팀원이라는 사실을 설득시키는 건 불가능한 일이었죠.

좋아, 얘들아, 연습 잘했다.

다음 주 시합을 위해 중대 발표를 하겠다.

이건 '컵'이라는 건데, 어디에 쓰는 건지 아는 사람?

그래, 톰?

팬티 안에 넣어서 **뽕알**을 보호하는 겁니다!

87

으흠, 맞다, 폼. 이제부터는 이걸 꼭 차고 경기에 들어가도록 해.

근데 코치님, 리즈는 어떻해요? 얘는 뽕알이 없는데요.

좋은 지적이다. 이제부터 리즈는 가슴 보호대를 찰 거야.

우핫! 찌찌찌에다가요?

내가 야구팀에 들어간 이유는 '남자'가 될 수 있을 것 같아서였어요.

내가 여자라는 사실이 더 강조되고 놀림을 받게 될 줄은 몰랐어요.

심지어 난 그때 가슴이 나오지도 않았었거든요.

그러다 보니 마지막 야구 시즌은 건성으로 보내게 되었어요.

그런데 다행히도 야구팀보다 더 좋아하는 곳이 생겼어요.
나의 소년다움이 두드러질 수 있는 곳. 바로,

GIRL SCOUT CAMP

텐트

소프트볼
경기장

로프 코스

통나무집

모닥불

호수

야외 오두막

샤워장

식당

미술 놀이방

원형극장

캠핑은 정말 재밌었어요!

하이킹을 하며 야생 동물도 볼 수 있었고,

높은 나무 위에서 로프 코스도 경험하고,

아래를 보지마!

아래를 보지마!

캠프파이어를 하며 마시멜로도 구워 먹고,

너구리 모피 모자를 온종일 쓰고 있어도 용서가 됐죠.

저에게 너구리 모자 시기가 있었다는 얘기를 깜빡하고 안 했던가요?

에린과 저는 같은 방을 썼어요. 우린 야외 오두막에서 잠을 잤죠.

벽이 세 개고 앞은 뚫려 있음

91

저는 이곳에서 팀워크와 단결을 배웠어요.

운동회 1993

스테인드글라스 개구리도 만들었죠. 그 어느 때보다 즐거웠답니다.

하지만 걸 스카우트 캠프에서 가장 기억에 남는 건 여자애들이 서로를 엄청나게 평가한다는 거였어요. 저는 그 사실을 처음 알았죠.

그 얘기 들었어? 다코타는 샤워할 때 옷을 홀랑 벗는대!

어머, 웬일이니.

?

진짜 별꼴이지. 그러고는 가슴도 없으면서 브라를 했대. 브라 한다고 가슴이 생기나.

호호

!

뭐, 다코타랑 가장 친한 안젤라는 엉덩이가 하나도 없으니까, 둘이 환상의 콤비지.

하하하

여자애들이 서로를 놀린다는 사실은 알고 있었지만, 그렇게 남의 몸 얘기를 하는 건 좀 아닌 것 같았어요. 자기 몸은 자기 마음대로 선택할 수 있는 게 아니잖아요! 저는 갑자기 깨달았어요. 그때까지는 존재하는지도 몰랐던 평가 기준에 따르면 제 몸이 형편없다는 사실을 말이에요.

그 이후로 저는 꼭 수영복을 입고 샤워를 했어요.

그리고 옷은 야외 화장실에서 갈아입었죠(샤워의 목적을 무색하게 만드는 짓).

왜 이렇게 살아야 하는 거지.

그리고 최악은, 이런 버릇이 생겼다는 거예요. 바로

티셔츠 입고 수영하기

93

저는 티셔츠를 입고 수영하는 사람을 보는 것만큼 가슴 아픈 일도 없다고 생각해요. 그 짓을 몇 년간 해 본 당사자로서 이런 말씀을 드리고 싶네요.

그게 더 눈에 띄어요.

저는 제 몸에 자신이 없어요

제대로 움직이지도 못해요.

빌어먹을 티셔츠.

물에서 나올 때는 티셔츠가 호숫물 절반을 빨아들인 느낌이 들죠.

킥 킥

수영하는 재미가 줄어들 뿐만 아니라, 부정적인 신체 이미지 때문에 수영하는 게 부담스럽게 느껴지죠.

물기 닦는 거까지 신경 쓰여.

티셔츠 때문에 수건이 다 젖어버렸어.

뚝뚝

하지만 다른 사람들이 내 (빈약한) 엉덩이에 관해 이야기를 할까 봐 안달이 나 있었어요.

저, 화장실 좀 갈게요.

옷 갈아입으러

그래

94

2주 후에 부모님이 데리러 오셨어요. 이제 집에 가면 옷을 다 벗고 샤워를 할 수 있어서 너무나 기분이 좋았어요.

캠프에서 친구도 몇 명 사귀었지만, 그 애들 중 누구와도 연락하지는 않았어요.

변치 않는 우정과 소중한 추억 대신, 내가 누구인가 하는 새로운 질문을 안은 채 집으로 돌아왔죠.

너 참 이상한 애야.

CHAPTER 6

그해 가을, 자기 인식을 시작한 저는 6학년이 되었어요.
공식적으로 초등학교에서 보내는 마지막 해가 된 거죠.

우린 우리가 모르는 사이에 많이 자라 있었죠.

학년이 시작되고 몇 주 후, 우린 특별한 모임에 불려갔어요.

도서관에는 우리 학교 6학년 여학생이 모두 모여 있었죠.

우리 거기서 우리 또래 여자아이들의 개인적인 경험과 과학적인 도표가 번갈아 나오는 교육용 영상을 몇 개나 봤어요. 사춘기는 재미있고 신나는 거라고 가르치려는 것 같았지만, 제가 보기에 그 영상은 공포영화 같았답니다.

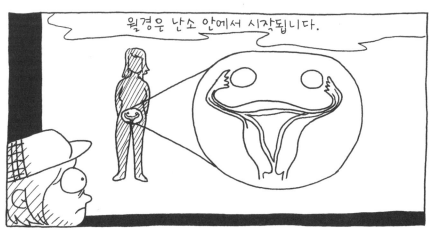

월경은 난소 안에서 시작됩니다.

친구들 중에서 제가 제일 먼저 생리를 시작했어요. 하지만 괜찮았어요. 제 친구들도 생리를 시작하면 제가 그 애들을 도울 수 있을 테니까요.

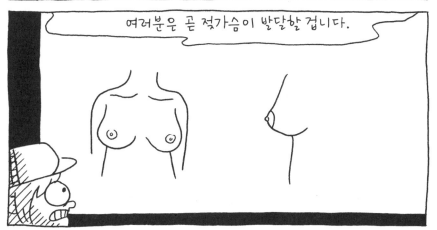

여러분은 곧 젖가슴이 발달할 겁니다.

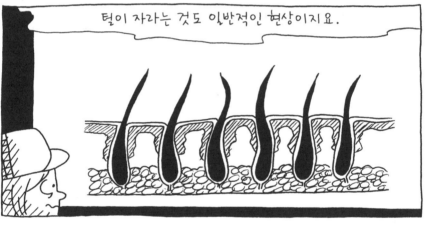

축하합니다, 여러분은 이제 여성이 되어가는 과정에 들어섰습니다.

여성이 되어가는 과정에 들어서기 싫은 사람은 어쩌라는 거죠? 내 마음과 달리 몸이 나를 배신하게 되는 걸까요? 저는 극도의 공포감에 휩싸였어요.

영상이 끝나자 보건 선생님은 생리를 이미 시작한 사람이 있는지 질문하셨어요. 몇몇 애들이 손을 들었죠…

…테리도요.

영상에 나온 근거 없는 얘기 중 하나가 벌써 거짓으로 밝혀졌네요. 저의 단짝은 '생리 파티' 같은 건 한 적이 없었어요. 저한테 이야기조차 안 했단 말이죠.

저는 그때 남자가 될 가능성이 점점 줄어들고 있다고는 생각했지만, 그렇다고 여자가 될 거라고 생각한 적도 없었어요. 아직 6학년이라 생물학 지식이 별로 없었던 것 같아요.

오, 하나님

하나님의 계획이 무엇인지 아는 척하지 않을게요. 대신 저를 여자로 만들지는 말아주세요.

그러니까, 가슴이 나오지도 않고 생리도 하지 않게 해주실 수 있는 거죠?

진짜, 진짜 착하게 살게요.

감사합니다, 주님.

아멘

저의 기도는 늘 정신적인 도움 요청보다는 쇼핑 리스트에 가까웠어요.

하나님,
생일 선물로
포플을 주세요.

하나님,
루크는 프로톤 팩이
있어요. 저도 그거
갖고 싶어요.

하나님,
새로 나온 배틀
비스트 보셨나요?
제가 무슨 말
할지 아시죠?

정확히는 산타클로스에게 기도했다고 할 수 있어요. 하지만 이번은
달랐어요. 이번에는 내 삶의 결과와 관련된 일이었기에 그 어느 때보다
하나님의 개입이 필요하다고 생각했어요.

그런데 그 영상물에서 적어도 한 가지는 사실이었어요. : 우리는 남자애들에게 집착하게 되었고, 남자애들은 우리에게 집착하게 되었죠.

저 역시 걷잡을 수 없이 퍼져 나가는 상사병을 피해갈 수 없었어요.

저는 기회만 있으면 케이럽에게 말을 걸려고 했어요.

109

그리고 운동장에서 케이럽이 노는 걸 지켜보았다가 우연히 마주친 척하는 게 일상이었죠.

그렇게 갖은 노력을 했는데도 케이럽은 나의 구애에 응답해 주지 않았죠.

개는 나라는 애가 있는지도 모를 거야.

비밀 연애편지를 써 보는 건 어때?

끙

그냥 아무 말이나 걸어줬으면. 우린 공통점이 하나도 없는 것 같아.

불안한 10대를 제대로 보내고 있었죠.

그러던 저는 다음 주 결정적인 기회를 잡았어요.

헉! 뉴욕 양키스 점퍼잖아! 야구를 좋아하나 봐.

안녕! 양키스 점퍼 멋지다!

111

나 양키스 진짜 좋아해! 부모님이 뉴욕에서 자라셨거든. 지난여름엔 시 스타디움에서 메츠랑 하는 경기도 봤어.

와, 너 혹시 너희 아빠가 낳지 않은 아들인 거 아냐?

어, 무슨 말이야? 나 남동생 둘 있는데···

아하, 이제 이해가 되네.

?

아빠, 학교에서 어떤 남자애가 저더러 아빠가 낳지 않은 아들이래요. 근데 아빠한테는 아들이 둘* 있잖아요···

내 생각엔 네가 딸이 아니라 아들처럼 행동한다는 이야기를 하고 싶었던 것 같은데?

그게 나쁜 건가?!

* 아빠는 전 부인과의 사이에 아들이 하나 있었어요.

케이럽은 톰보이라는 이유로 저를 놀렸어요. 저는 조금 실망했지만, 세상은 넓고 남자는 많으니까요.

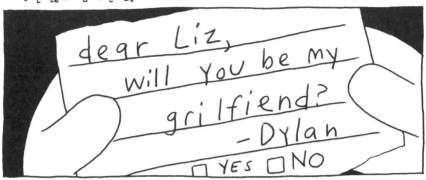

하하, 나 딜런한테 쪽지 받았는데, 나한테 '그릴 피엔드*'가 되어 달래. (*걸프렌드의 오자)

어!

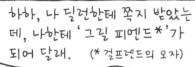

나도 똑같은 쪽지 받았는데!

알고 보니 딜런은 우리 반 여자애들 전부에게 같은 쪽지를 보냈던 거예요.

으르렁   부글부글   짜증

당연히 '예'에 표시한 여자애는 아무도 없었고, 우리 1년 내내 딜런을 따라다닐 별명을 지어주었어요.

안녕, 그릴 마스터?   하하

어릴 때는 여자는 여자끼리 놀고, 남자는 남자끼리 노는 게 규칙처럼 정해져 있었어요.

하지만 4학년쯤 되자 서로 간의 금지령이 자연스럽게 해제되었어요.

그러다 좀 더 나이가 들자 그냥 친하게 지내기만 해도 연애를 하는 것 아니냐는 루머가 생겨났죠.

그런 놀림을 피하려다 보니 많은 남녀 간의 우정은 오래가지 못하고 끝나버렸어요.

이러한 서먹함과 그것이 만들어낸 경계는 저를 계속 혼란스럽게 했어요.

남자들의 세계로부터 알지감치 추방당한 기분이었죠.

그리고 남자에 미쳐 있는 내 모습에 죄책감이 들었어요.

하지만 저는 이성도 친구로서의 가치가 있다고 생각했어요!

나랑 같이 캐치볼 할 사람 없는 거야!?

저는 어쩌다가 학교가 어색한 무도회장의 기능을 하게 되었는지 이해할 수가 없었어요. 남학생과 여학생의 구역이 완전히 나누어져 버렸잖아요.

DON'T BREAK MY HEART MY ACHY-BREAKY HEART

그런 이유로 저는 타일러와의 우정을 매우 소중하게 여겼답니다.
그 애는 방과 후 그리고 학교 내에서도 친한 친구였어요.

타일러

* 알라딘에 나오는 지니 그리기를 좋아함.
* 나의 허클베리 핀 시기를 (톰 소여로서) 함께 지냄.
* 4학년, 5학년, 6학년 내내 같은 반이었지만 성적은 나보다 아래.
* 타일러의 남동생 에반은 내 남동생 제이미와 가장 친한 친구.

우리는 수업 시간에 함께 그림을 그렸어요

이거 너 주려고
그렸어.

멋진데!

리즈에게
나 같은 친구
다시는 못
만날거야

타일러가

타일러는 가끔 테리, 에린, 저와
함께 점심도 먹었어요.

난 바다
코끼리다!

하하
하

타일러는 생일 선물로 사이렌 소리가 나는 비상 차량 모양의 시계 세트를 받았어요.

우리 그걸로 운동장에서 노는 애들에게 겁을 줬죠.

넌 체포한다!

삐뽀 삐뽀 삐뽀

꼼짝 마!

물론 이것 때문에 우리 늘 놀림을 당했죠.

하하, 멍청이 경찰이다!

삐이이이~뽀 삐뽀 삐이이이~뽀 삐뽀 삐뽀 삐이

삐뽀 삐이이이~뽀 삐뽀 삐뽀 삐이

삐뽀 삐이

잡아볼 테면 잡아보시지! 날 못 잡을걸!

너를 체포하겠다.

꼼짝 마!

삐뽀 삐뽀

휴

타일러는 진정한 친구였어요. 그 애랑 함께 있으면 조금이나마 해방된 기분이 들었죠.

비록 학교에 친구들이 많지는 않았지만, 생일 파티를 한 번도 못 해 봤다는 사실이 너무나 슬펐어요.

저는 생일이 12월 중순이다 보니 크리스마스 주간과 겹치기 일쑤였거든요.

1. 크리스마스 2주 전, 모자에서 이름을 하나 골라요.

쉿, 누굴 골랐는지는 말하면 안 돼요. 이건 '비밀 산타'니까요.

2. 비밀 상대를 위해 5달러짜리 선물을 사요.

선물은 잘 생각하고 고르세요. 받는 사람의 개성과 잘 어울리는 선물이어야 하니까요.

우리 반 블레이크 선생님

3. 내가 고른 게 좋은 선물인지 아닌지 고뇌에 빠질 차례에요.

흠, 존이 농구를 좋아하 긴 해. 근데 5달러짜리 농구 카드가 좋은 선물일까?

4. 크리스마스 파티를 위해 포장을 해요.

존에게 리즈가

다행히 주말에 열린 진짜 생일 파티 덕분에 모든 게 만회가 되었어요.

안녕, 일기장아!
오늘은 내 생일 파티가 있는 날이었어! 테리, 에린,
타일러가 왔었지 (에반도 와서 제이미랑 놀아줬어,
어찌나 다행인지). 좋은 선물도 많이 받았어.

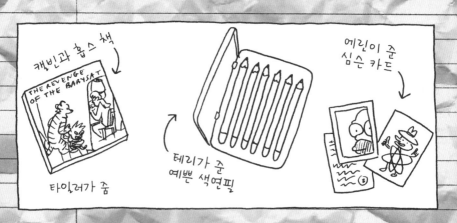

캐빈과 홉스 책
타일러가 줌
THE REVENGE OF THE BABYSAT

테리가 준
예쁜 색연필

에린이 준
심슨 카드

그리고 지금 쓰고 있는 이 일기장까지. 엄마 고마워요!

학교에서 하는 크리스마스 파티는 마음에 들지 않았지만, 밸런타인데이 행사는 참을 만했어요. 심각하게 사랑을 고백하는 게 아니라 그냥 카드랑 초콜릿을 전해주는 거니까요. 싫어할 이유가 뭐가 있겠어요?

밸런타인데이 카드를 각자의 우편함에 나눠 넣는 동안, 저는 케일럽에게서 눈을 떼지 못했어요.

내 책상에 벌써 왔었나?

규칙은 모든 친구들에게 카드를 주는 거였어요.

제이, 예쁜 카드는 너 주려고 아껴뒀어.

케이럽

그런데 그해에는 남자애들이 자기가 정말로 좋아하는 여자애들한테 특별한 밸런타인데이 선물을 줄 거라는 소문이 돌았어요.

이미 많지만 내 것도 넣자.

졸린 ♥

SOCIAL
STUDIES
SOCIAL

?

나에게도 특별한 선물이! 혹시 케이럽에게서?

121

간절한 기대에 제 심장은
빠르게 뛰었어요.

콩닥
콩닥
콩닥

리즈

리즈에게,

만약 내가 지니에게 소원 세 개를
빌 수 있다면, 세 번 모두 네가
내 여자친구가 되게 해 달라고
빌 거야.

사랑을 담아,
타일러

122

제가 상심한 이유는 두 가지였어요.

1. 케이럽에게서 특별한 선물을 못 받았어요. 아무에게나 주는 바보같은 카드 한 장뿐이었죠. 받는 사람과 보내는 사람만 적으면 되는, 내용을 생각할 필요조차 없는 카드.

당신의 밸런타인데이가 슬램덩크 같기를 바랍니다!

리즈에게 케이럽이

(그뿐만 아니라 졸린의 책상 위에 놓인 수많은 초콜릿 중에서 케이럽이 준 걸 발견했어요.)

졸린에게 내 사랑은 영원히 활활 탈 거야. XOXO, 케이럽

2. 타일러에게 배신당한 기분이었어요. 타일러는 그저 남자인 친구였으니까요.

우와, 저 선물 누가 줬어?

지금껏 내 남자친구가 되고 싶어 했다는 걸 이제야 알게 되다니?! 우리 사이에 이러면 안 되는 거잖아요!

타일러가 장난친 거야.

하하! 재밌네!

제발 그랬으면

저는 그날 애써 타일러를 피했어요.

안녕, 리즈.

나 화장실 좀 다녀올게!

그런데 학교가 끝나고 곤란한 일이 벌어졌어요. 부모님 일이 늦게 끝나서 저랑 제이미가 타일러와 에반 집에 가 있어야 했던 거예요.

배 아파

꾸르륵

다른 상황은 비교적 평범했어요. 언제나처럼 소파 뒤에 타일러의 레이스 트랙을 깔았죠.

다음은 내 차례야.

부릉

그러다 에반과 제이미가 저희 둘만 남겨놓고 사라졌어요…

요새 만들자!

좋아!

안 돼! 가지 마!

내 밸런타인 선물 마음에 안 들었어?

난 그저 남자친구, 여자친구가 뭐가 그렇게 중요한지 모르겠어. 우린 원래 매일 같이 놀잖아.

그래...

그렇지만 키스라던가 손잡는 건 안 하잖아.

키스는 그렇게 대단한 게 아니야.

!

...다른 사람이랑 해 봤어?

응

몇 명이랑.

불공평해. 넌 여러 사람이랑 키스해 봤는데 난 한 번도 못 해봤잖아.

그리고 바로 그 순간 저도 타일러 말에 동감했어요. 불공평하다고 생각했죠.

125

키스가 중요한게 아니라는걸 보여줘야겠어.

전에 친구들이랑 해 봤지만 키스는 별거 아니야.

물론 2학년 친구들과 뽀뽀를 하는 것과 6학년이 되어 나에게 푹 빠진 남자애랑 키스를 하는 건 확실히 차이가 있었어요.

싫진 않았지만 뭔가 아쉽긴 했죠.

케이크면 좋았을 텐데.

어쨌든 저는 확실히 제 주장을 증명했어요.

헤헤

키스가 대단한게 아니라는 걸 말이에요.

126

다음 날 학교에서 만난 타일러가
너무 명랑해서 놀랐어요.

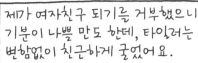

제가 여자친구 되기를 거부했으니
기분이 나쁠 만도 한데, 타일러는
변함없이 친근하게 굴었어요.

안녕! 오늘 밤 눈 올 거라는
이야기 들었어?

오,
멋진데.

오레오 먹을래?

응,
고마워.

역시 우정의 힘이란 이런 건가
싶었죠.

오늘 시계 갖고 왔는데,
이거 네가 갖고 있어.

응,
그래.

하지만 타일러의 생각은
달랐어요…

리즈가 내
여자친구야.

하하,
정말?

난 네 여자친구가
아니야!

하지만..
그래도..

그래도
뭐?!

전 땅이 쩍 벌어져서 저를 집어삼켰으면 좋겠다고 생각했어요. 타일러의
마음에 상처를 준 게 너무나 미안했어요. 하지만 타일러가 친구 앞에서
했던 행동 때문에 저도 부끄럽기는 마찬가지였어요. 학교가 끝나고
남동생이랑 저는 또 타일러 집에 가게 되었어요. 그래도 우리 둘은 기분이
나아지지 않았어요···

128

나 거기 들어
가도 돼?

아마도

아까 소리친 건 미안해.
근데 왜 내가 네 여자
친구라고 말한
거야?

뭐?!
너 나랑
키스했
잖아!

네가 여태 키스를 못 해본 게
불공평하다고 해서 그랬지.

그럼 날 좋아해서
키스한게 아니라,
불쌍해서
한 거네.

난 너 좋아해. 그렇지만 여자친
구를 할 정도는 아니야. 난 그냥
너랑 친구로 지내고 싶어.

모르겠어.
내 시계 돌려줘.

사랑에 빠지면 우정을 망가뜨릴 수 있다는 내용의 영상물 같은 건 왜 없는 걸까요? 이런 것도 가르쳐 주면 좋을 텐데 말이죠.

엄마, 내일은 학교 끝나고 타일러랑 에반 집에 안 갈래요.

무슨 문제라도 있니? 너희가 둘이서 만 집에 있기 싫어하는 줄 알았지.

둘이서 있어 볼게요.

알겠어. 대신 제이미랑 같이 집에 와야 해. 열쇠 챙겨 가는 거 잊지 말고.

네

얘들아! 밖에 눈 온다! 와서 봐!

내일 휴교할지도 모르겠네요!

우와!

와우!

눈 쌓인 것 좀 봐요! 진짜 휴교 할 것 같아요!

아니, 등교 시간만 두 시간 늦춰졌어.

정말요?! 짜증 나.

오늘도 학교에 오다니 믿을 수 없어.

내 말이. 진짜 싫어.

타일러 빈자리

도망치는 범인을 보니 둘 중 한 명은 우리 집 근처에 사는 고등학생 남자애였어요.

저는 겁이 나서 움직일 수가 없었어요. 녀석들이 또 나타나서 저를 더 깊게 묻어 버리면 어떡해요?

제 왼쪽 팔은 뒤틀린 채 몸통에 깔려 있었어요. 어찌나 아픈지 팔이 부러졌을지 도 모른다고 생각했죠.

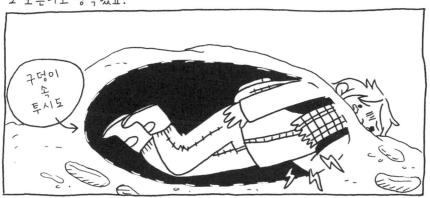

CHAPTER 7

일기장에게, 타일러는 더 이상 나랑 친구가 아니야.
타일러는 빌리라는 남자애랑만 놀아.

이제 학교가 끝나면 에린 집으로 가. 그 집 개가 맨날 내 간식을
뺏어 먹어.

에린이랑 테리랑 친구로 지내는 게 점점 어색해지고 있
어. 나야 둘 다 무척 좋아해. 하지만 그 둘이 이제 서로를 좋
아하지 않는 건지, 에린이 테리를 안 좋아하는 건지,
어쨌든 그래. 에린이랑 같은 반이라 가깝게 지내다 보니,
왠지 나도 에린과 테리 중 한 명을 골라야만 할 것 같은 기
분이 들어.

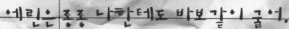

에린은 종종 나한테도 바보같이 굴어.

우린 눈싸움을 하다가 정신이 나가서 진짜 몸싸움을 한 적도 있어.

학년이 끝날 무렵, 아이들 사이에서는 어떤 중학교에 입학할지 고민하는 대화들이 오갔어요.

저는 입학시험을 보고,

인터뷰도 하고,

입학시험에서 떨어지면 미래가 어떻게 될지 몰라 걱정도 굉장히 많이 했어요.

이래저래 전화로 오간 이야기들을 들어보면, 케일럽을 향한 나의 사랑에는 한 줄기 희망이 있었어요!

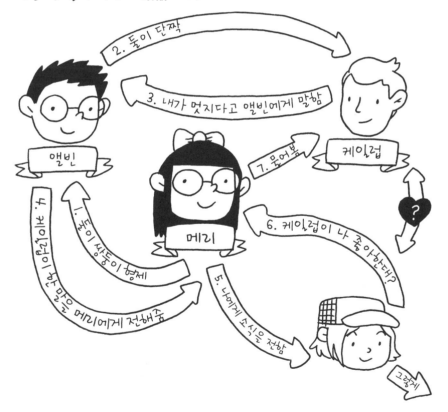

나쁜 소식은 케일럽이 '응'이라고는 안 했대. 대신 좋은 소식은 '아마도'라고 했다는 거야.

아마도?

응, 뭐, 듣자 하니 네가 멋지고 재미있다고는 생각하지만 완전히 반한 건 아닌가 봐.

그럼 난 이제 어떻게 해야 할까?

안타깝게도 초등학교 생활이 이제 얼마 안 남았어.

하지만 다행히 지금 당장 연애를 할 수 있는 완벽한 기회를 만들 수 있어.

바로 여기서 케일럽이랑 데이트를 하는 거지.

6학년 졸업 기념 수영장 파티!

5월 27일 12시-3시 태양 아래서 즐기는 피자와 재밌는 놀이!

이런 건 걸 스카우트 캠프보다 1,000배는 더 엉망이었어요. 적어도 캠프에서는 <u>남자애들이 내 몸매를 어떻게 생각할까 걱정할 필요는 없었</u>다고요. 이런 데서 다른 사람이랑 놀면서 시시덕거려야 한다니. 완전히 <u>미친 짓</u>이었죠.

안녕?

좀 이따가 피자 올 거래…

하하

잘 됐다.

하하 하하

안녕, 레즈, 티셔츠는 벗고 들어왔어야지! 하하.

그래도 그 요상한 모자는 벗었네.

오늘따라 왜 다들 내 모자를 걸고 넘어지는 거지?

151

거기
멈춰!

보호자 없이 학생들만
나가는 건 금지야.

선생님,
죄송한데요,
모자를 잃어버
렸는데 저기
밖에 있는
것 같아요.

모자가 주차장에 있다고?

네···

덤불 안에 있을 것
같아요.

?

어디 있지?

울지 말자.
울지 말자.
울지 말자.

아닌가 봐요. 제가 버스에 두고 내렸나 봐요.

안전요원한테 이야기해 봐. 분실물 센터에서 찾아 줄지도 몰라.

글쎄요

안녕, 리즈!

아, 안녕, 메리.

케이럽 봤어?

아니, 내가 다른 일을 좀 하느라…

그래, 그럼 이제 내 말 잘 들어…

어, 걔 저기 있다.

내가 말하려던 게 저거야.

CHAPTER 8

중학교에서는 새 친구를 사귀는 게 놀라울 정도로 쉬웠어요.
테리와 에린과는 여전히 잘 지냈지만 상황이 좀 변했어요.
바로 우리가 사회적인 먹이 사슬 안에 자리를 잡게 되었다는 거예요.

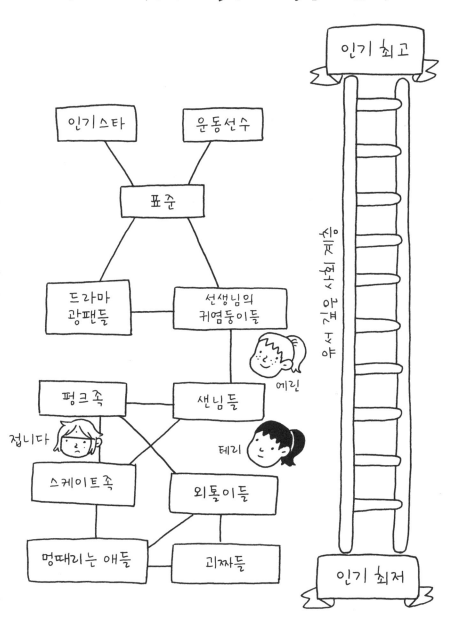

필리스는 우리 엄마가 하시는 장난감 가게에서 한 블록 떨어진 곳에 살았어요. 그래서 학교가 끝나면 매일 함께 시내버스를 타고 집으로 돌아갔죠.

필리스

* 1970년대 언더그라운드 만화를 봄.
* 오빠에게 그래피티 아트를 배움.
* 스케이트보드에 관심이 있음.
* 엄마 담배를 훔쳐 핌.
* 보기보다 훨씬 덜 순진함.

필리스는 저의 반항적인 면을 끌어냈죠.

이렇게 한다고?

맞아, 확실히 연기를 들이마셔야 해.

된다!

안되고 있음

보드 위에 서서
폼만 잡는 거지,
허세쟁이들아?
여자애들이 무슨
스케이트야!

꺼져.

웃기
시네.

그래, 네가 꺼
지는 게 이 상황
에서 가장 어울리
는 결론이네.

윽, 난 여자라고
불리는 게 싫어.

나도

난 그냥
일반적인
여자들이 싫은
것 같아.

나도
그래.

정말?

너도
그렇구나.

우리 손바닥에 침
뱉고 악수하자.

퉤

사실이었어요. : 저는 여자를 싫어하기 시작했죠.

그렇다고 '남자다운 남자'라며 남성스러움을 과시하는 것에 관심이 있었던 것도 아니에요.

남자애들에겐 가능한 옵션이 훨씬 많은 것 같았어요.
: 남자가 될 수 있는 방법은 더 많았고 그것들이 모두 용인되었죠.

반면 인기 있는 여자애들은 모두 한결같았어요.

치어리더

치어리더

치어리더

SMH

SMH

SMH

복제 인간 같다고나 할까요.

남자들은 외모가 어떤가에 별로 구애받지 않고 성격이나 재능만으로도 유명해질 수 있어요. 외모가 전통적인 기준에 맞지 않더라도 재능이 그를 매력적으로 보이게 할 수 있으니까요.

긴 머리

듬성듬성한 턱수염

앙상한 몸

하지만 여자애들은 항상 외모가 훌륭해야만 인기를 얻을 수 있어요.

잘 모양낸 머리

잡티 없는 피부

기꺼이 몸매를 드러낼 마음가짐

완벽한 치아

SMH

저는 재미있는 성격과 예술적 재능으로 주목을 받고 싶었어요.

하!

이 만화 정말 최고야!

외모도 멋지게 보이고 싶었어요. 물론 나만의 기준이 있었지만요.

손질 하지 않은 머리

여드름투성이 얼굴

헐렁한 남자 옷

162

그러니 세인트미카엘 학교에서는 매달 의무적으로 미사가 열리고, 거기엔 의무적인 복장 규정이 있으며, 여학생은 모두 치마를 입는 게 의무라는 이 야기를 들었을 때 제가 얼마나 공포에 떨었을지 상상해 보세요.

그건 제가 상상할 수 있는 가장 굴욕적인 일이었어요.

한 달 전 쇼핑을 할 때였어요···

너도 이제 브라를 할 때가 된 것 같아.

네? 아니에요!

가슴이 있는지 없는지도 모르시잖아요

네 말이 맞다. 네 티셔츠는 너무 커서 옷 안에 사람이 있는지 없는지도 분간이 안 되지.

엄마 말도 일리가 있었어요···

사람들에게 내 몸을 보이면 안 돼.

··· 특히 나에게서.

남성용 L 또는 XL 티셔츠

32인치 청바지

리즈 프린스, 톰보이, 12와 1/2살

당장은 안 입어도 될지 모르겠지만 조만간 필요한 때가 올 거야. 그러니까 미리 사놓자고.

알겠다고요.

그리하여

왜 죄다 리본이나 꽃이 붙어 있는 거예요! 이런 건 싫어요!

그건 네가 떼 버려.

그럼 이걸로 해요.

내가 속옷 매장에 있는 걸 다른 사람이 보기 전에 빨리 여기서 나가자는 말이에요.

불쑥

때로는 제가 엄마의 중요한 순간을 망치고 있는 게 아닐까 궁금하기도 했어요: 첫 브라를 사는 게 소중한 통과의례의 순간일 수도 있잖아요.

엄마에게 딸의 역할을 충실히 해 줄 동생이 있어서 다행이었어요.

167

저는 여자가 되어가는 과정의 매 순간마다 힘겨운 싸움을 했어요.
하지만 미사가 열리는 날은 저도 어쩔 수 없이 참아야만 했죠.

대신 갈아입을 옷을 가져갔어요.

미사는 오전 10시부터 11시까지니까, 11시 3분까지는 다시 청바지와 티셔츠로 갈아입을 수 있었어요.

세 시간만 참으면 이 끔찍한 치마를 벗을 수 있어.

일단 세 시간 동안 견뎌 내는 게 문제였어요…

8:42 am

좋은 하루 보내, 리즈. 괜찮을 거야.

고마워요, 엄마

SAINT MI̲̲EL'S HIGH

벌써부터 토해버리면 너무 극단적일까?

8:44 am

201

8:45 am

오, 이런.

8:47 am

헐

저 치마 입은 남자 너희 아빠야?

히히

네가 치마 입은 남자처럼 보인다는 뜻이야!

너도 알다시피, 설명이 필요한 농담은 망한 농담이야.

타페의 도시전설로 내려오는 치마 입은 남자 이야기

아내가 갑자기 세상을 떠나자 그녀를 추모하기 위해 아내의 옷을 입은 남자가 있습니다. 그는 로스앨러모스 연구소에서 일하는 사람인지도 모릅니다. 제가 듣기로 그는 양피지 두루마리에 시를 쓰고 자신에게 기꺼이 말을 걸려는 사람에게 그 두루마리를 건넸다고 합니다.

저의 계산은 정확했고 저는 11시 5분에 좋아하는 옷으로 다시 갈아입을 수 있었어요.

거기 서 봐, 학생. 왜 복장 규정을 안 지켰지?

미사는 끝났으니까요...

오늘은 하루 종일 복장 규정을 지켜야 하는 거야. 옷을 갈아입는 건 무례한 짓이야.

죄송해요, 하지만 다시 치마로 갈아입을 수는 없어요.

그럼 미안하지만 넌 교장실로 보낼 수밖에 없겠구나.

... 네

교장 선생님이신 조지 신부님 방에 불려가는 건 처음이라 잔뜩 긴장했는데, 알고 보니 그분은 라틴어 선생님이셨어요. 좋은 분이라는 걸 이미 알고 있었죠.

흠, 무슨 문제니, 리즈?

내가 듣기론, 네가 복장 규정을 지키지 않으려 한다던데?

저는 못 하겠어요. 하루 종일 치마를 입고 있을 수가 없어요. 저는 그게 너무 불편하고 친구들도 저를 놀려요.

너를 놀리는 친구가 있다면 지도 교사에게 알려야 하지 않겠니?

그게 문제가 아니에요! 치마를 입으면 저도 기분이 안 좋다고요.

놀리는 사람이 없다고 해도 제가 신경이 쓰여서 죽겠어요. 수업에 집중을 할 수가 없어요. 변장을 하고 있는 기분이라고요.

오늘 하루만의 문제가 아니구나. 앞으로 있을 미사는 어쩔 생각이니?

남학생들처럼 셔츠랑 넥타이를 하고 싶어요.

그렇게 하면 수업에 집중할 수 있겠니?

네

약간 전통에서 벗어나지만, 시도는 해 볼 수 있겠구나.

정말요?

그래, 정말이다. 대신 다음 미사 날에는 하루 종일 셔츠와 넥타이를 하고 있어야 한다. 장난하는 거 아니니까.

네, 선생님! 고맙습니다!

다음 미사 때 저는 이런 옷을 입을 수 있어서 신이 났어요.

아빠가 입던
오래된 니트 조끼
(내가 가장
좋아하는 갈색)

파랑과 빨강
줄무늬 넥타이

파랑과 회색
체크무늬 셔츠

코듀로이 바지
(역시 갈색)

새로운 미사 복장 역시 놀림을
받았지만, 이번엔 나를 괴롭히는
애들 말에 동의하지 않았어요.

둘이 커플이냐?

그래서 훨씬 더 참을 만했어요.

너의 무식함에
웃음이 나온다!

동성애자들 같은
너희가 더 웃겨!

내가 좋아하는 종류의 놀림도 있었어요.

안녕, 엘리.

잘 지내니, 패트리샤?

패트릭이라는 이 아이는 나를 엘리라고 불렀어요.

어젯밤에 심슨 봤어?

물론!

저도 집세라 여자 이름으로 그 애를 불렀고 그게 버릇이 됐죠.

그 장면이 제일 웃겼어. "부끄러움의 돌을 제거하고, 영광의 돌을 붙여라" 하던 장면!!

하하, 맞아, 진짜 웃겼어.

175

약간의 연애감정이 섞인 재미있는 장난이었어요.

그리고 그 돌 깎는 사람들 노래 진짜 좋더라. 내가 제일 좋아하는 에피소드가 될 것 같아.

물론, 당연하게도 저는 그에게 홀딱 빠지고 말았어요.

나 패트릭이 너무 좋아. 정말 귀엽고 재미있어!

음, 그래…

걔도 너 좋아한다고 고백할거야. 남자애들은 아무 이유 없이 잘해 주진 않으니까.

흠, 글쎄.

난 '그냥 친구'는 필요 없어.

하지만 네 말에 일리가 있는 것같아.

너희 둘 잘 될 거야!

CHAPTER 9

패트릭을 향한 사랑은 커져 갔어요.

샌드위치 맛있어, 엘리?

쿡

필리스는 패트릭에게 데이트 신청을 하라고 자꾸 부추겼어요.

해 봐. 내가 전화 걸어서 너한테 넘겨줄게.

싫어!

학년이 끝날 무렵, 필리스는 그렉이라는 애랑 사귀기 시작했어요.

저쪽 상가도 가 보자!

저는 그 둘이 데이트할 때 눈치 없이 껴있기를 잘 했어요.

잘 들어, 리즈. 지금이 아니면 기회는 없어. 패트릭한테 전화 해서 나오라고 해. 같이 더블데이트하게.

PHONE

···

아직 마음의 준비가 안 됐어.

야, 이제 학년이 끝나 가. 지금 안 물어보면 방학 내내 패트릭을 못 볼 수도 있다고!

그렇지만 걔가 싫다고 하면 어떡해. 과학 시간에 옆자리에 앉아야 하는 데 불편해지잖아?!

이제 겨우 2주 남았구만.

잘 들어, 패트릭은 알겠다고 대답할 거야. 게네 집 전화번호 외우고 있는 거 다 알아. 어서 전화 걸어!

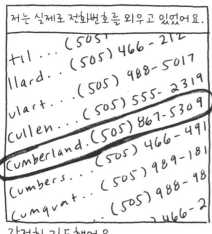

저는 실제로 전화번호를 외우고 있었어요.

til... (505) 466-212
llard.. (505) 988-5017
vlart... (505) 555-2319
Cullen... (505) 867-5309
Cumberland.(505) 466-491
Cumbers... (505) 989-181
Cumgvat.. (505) 988-98
        466-2

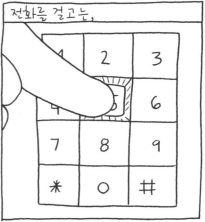

전화를 걸고는,

간절히 기도했어요.

따르르릉

제발 집에 없어라.

따르르릉

제발 집에 없어라.

따르르릉~*

제발 집에...

여보세요?

179

정말로 "아니야, 사양할게" 라고 했다고?

응

패트릭이 바보네. 너 같은 대단한 애를 놓치다니.

휴

패트릭은 정중하긴 했지만, 어쨌든 저를 거절했어요. 하지만 저는 그 애를 탓할 수 없었죠. 나는 남자와 잘 될 수 없다는 공식을 믿기 시작했어요.

학년이 끝나기 전에 필리스와 그렉은 깨졌고, 저는 적어도 더블데이트에 대한 부담은 덜 수 있었어요.

진짜 말도 안돼. 빌어먹을 멍청이 같은 자식.

어, 안녕! 너희 여자애들도 스케이트 타니? 진짜 멋지다! 나도 담배 한대 줄래? 난 토드라고 해.

그리고 그때 토드가 나타났어요.

저는 솔직히 필리스와 경쟁하고 있다고 생각하지 않았어요. 우리 둘 중 한 명을 선택해야 한다면 제가 질 게 뻔했거든요. 그래서 토드가 우리 둘 다 마음에 안 들어 하기를, 그래서 다 같이 친구로 지내기를 바랐어요.

주말이 오고…
안녕

안녕…

… 왜?

처음 보는 셔츠네.

무슨 문제라도 있어?

아니, 그냥 모르겠어… 여성스러워서?

뭐, 가끔은 여성스러워지는 것도 재밌어.

침 뱉고 악수하던 건 잊은 거야?

토드한테 전화하러 가자!

우리는 토드 집과 우리 집 사이 들판에서 만났어요. 엘도라도에서는 이웃이라는 개념이 다른 곳과 달랐어요. 토드 집은 우리 집에서 걸어서 20분이나 가야했거든요.

안녕, 애들아! 우리 집 가서 비디오게임 할래?

좋아!

집에 게임기 있어.

난 소닉 게임만 좋아해.

그것도 있어!

갑자기 저는 토드 집에서 놀고 싶은 생각이 없어졌어요.

비디오 게임을 할 사람은 나 혼자 뿐이라는 게 금방 밝혀졌죠.

쪼옥~

난 세가가 싫어.

음, 우리 잠시 내 방에 들어가 있을게. 우리 부모님 오시는지 봐줄 수 있지? 원래 집에 아무나 오면 안 되거든···

콩

난 진짜 세가가 완전 싫어.

일기장에게. 어제 필리스가 우리 집에서 자고 갔어. 근데 정말 끔찍한 일이 있었어. 다 같이 토드 집에 놀러 가는데, 둘이 갑자기 나를 버려두고 토드 방으로 들어가는 거야.

쾅 쾅

쾅 쾅

얘들아!

나 집에 가고 싶어!

아, 그래. 너희 둘 다 집에 가야 되겠다. 우리 부모님 곧 돌아오시거든.

으, 너 키스 마크 생겼어.

이런! 엄마가 못 보게 숨겨야겠다.

GREEN

그래도 여기만 생겨서 다행이다. 그 애가 티셔츠에 손을 넣더니 글쎄…

제발 그만해

정말 실망스럽게도 내가 뻔히 보는 앞에서 필리스는 토드와 키스를 해댔어. 하지만 더 최악인 것은 필리스가 그 애를 위해 여성스러운 옷을 입었다는 거야. 우엑. 이제 내가 지구상에 남은 마지막 톰보이인 걸까?

그 후로 필리스와 토드가 사귀지는 않았지만, 그날부터 필리스의 옷차림은 확실히 바뀌었어요.

필리스는 여전히 제 단짝이었지만, 일 년 만에 우리 우정에는 균열이 가게 되었어요. 필리스는 여성스러움을 받아들이고 있었고, 저는 아니었죠.

저는 14살 생일이 다가올 때까지도 생리를 시작하지 않았어요. 하지만 그게 불만스럽지는 않았어요. 친구들을 보아하니 생리라는 건 악몽처럼 끔찍한 것 같더라고요.

저는 생리가 시작되면 저에게 변화가 생길까 봐 두려웠어요. 확실히 제 친구들 모두 예전보다 훨씬 여성스러워졌거든요.

그러다 몇 주 후, 엄마의 장난감 가게에서···

미리 겁을 많이 먹었던 터라, 실제로 생리가 시작됐을 때는 비교적
마음이 편했어요.

생리를 시작한
것 같아요.

오!

생리대 필요하지?

아니요,
괜찮아요.

흠, 써야 할 텐데.

으쓱

저는 스스로를 웃음거리로 삼았어요.

우와, 나도 기저귀를 차야
하는 성인이 됐다.

쿡쿡

그리고 나는 변하지 않은 것 같아
안심이 됐어요.

어휴, 엄마, 꼭 NPR 채널을
들어야 해요?

This is All Things Conside

불행하게도 변화된 나를 받아들인다는 것은 여성이 된다는 공식적인 통보를 받는 것이나 마찬가지였어요. 여성으로서 짊어져야 할 새로운 부담을 받아들이게 된 이상 '남자아이들 중 하나'가 되고 싶었던 나의 목표와는 한없이 멀어지게 되었으니까요.

1. 남자애들은 이 민망한 여성 위생 용품을 가지고 다니지 않아도 돼요.

어쩜 이렇게 죄다 분홍색이야?

2. 남자애들은 이 당혹스러운 여성 위생용품을 사지 않아도 돼요.

브라랑 치마를 같이 사는 것 보다 훨씬 더 괴로워.

TO THE MAX
Banana Boats
FRESH ONES
SUPER LONGS
heavy flow
Summ 2Eve
luaya mbarrasing
PLUG IT! WITH TAMPONS!
Regular O.d.b

3. 남자애들은 공중 화장실에서 이 난처한 여성 위생용품을 갈아줄 필요가 없어요.

최대한 조용히 뜯어야 해.

찌지직

4. 남자애들은 바지 밖으로 피가 샐 걱정을 하지 않아도 돼요.

누가 이야기해 주겠지? 아니면 나보고 손가락질 하면서 웃으면 저절로 알게 되려나?

5. 남자애들은 끔찍하고 괴로운 생리통을 겪지 않아도 돼요.

이것 외에도 저는 뚜렷한 신체적 변화를 경험하고 있었어요.

CHAPTER 10

저는 방과 후에 필리스 없이 엄마 가게에서 시간을 보내는 일이
많아졌어요(필리스네 가족이 다른 동네로 이사를 했거든요).
그즈음 엄마 가게에는 할리라는 여자분이 일하셨어요.

* 부모님과 비슷한 연배지만 아이를 가진 적은 없음.

* 여러 문학 작품을 엮은 잡지를 셀프 출판함.

* 가족이나 친구를 제외하고 내 만화에 관심을 보여준 최초의 인물.

* 내가 아는 가장 멋진 어른.

할리 아주머니는 자기가 좋아하는 만화책을 빌려주셨어요.

어제 얘기했던
린다 배리
책이야.

오,
고마워요

THE FUNHOUSE
LYNDA BARRY

이 책 굉장해.
할리 아주머니도
굉장해.

때때로 저는 그녀의 잡지에 실을
에세이를 쓰기도 했어요.

우리는
어디에
있는가?

종교적
이슈

그리고 아주머니가 주최하는
낭독회에서 직접 낭독도 했죠.

…그리고 그날
밤이 가장
추웠다.

리즈에게 박수
부탁드려요!

짝

짝   짝 짝

저는 한 사람의 인간으로서 진심으로 존중받는 기분이었어요.

그때부터 저는 좀 달라졌어요.

9학년이 시작되었을 때 테리와 에린은 둘 다 이사를 갔기에 학교에 남은 유일한 친구는 필리스뿐이었어요.

고등학교에 입학할때가 되자 세인트미카엘 학생들 대부분은 이런저런 데이트 경험이 생겼어요.

필리스가 세 명인가 네 명의 남자친구를 사귈 동안,

저는 여전히 0명을 기록하고 있었죠.

날 사랑하지 않는다.

뽁

에휴

그리고 저의 성적 취향과 젠더가 정말로 문제가 되기 시작했어요.

야, 뭐 하나만 물어보자. 너 레즈비언이야?

아니

오! 그럼 네가 진짜 남자라서 레즈비언이 아니라는 거지?

꺼져, 난 남자 아니야.*

* 다시 떠올리게 해 줘서 고맙다.

어딜 가려고?

야!

쾅!

증명해 봐. 바지 내리고 네가 여자라는 걸 보여 달라고.

제가 남성적인 레즈비언일 거라는 고정관념은 평생 저를 따라다녔어요.
하지만 저는 여자의 마음을 끌려고 남자처럼 입은 게 아니었어요.
: 제가 남자 옷을 입은 건 그게 편안하게 느껴졌기 때문이에요.

저는 누군가 레즈비언이 되는 것에는 반대하지 않았지만, 괴롭힘을 당하는 것은 반대였어요. 그리고 잘못된 꼬리표가 자꾸만 저를 따라다니는 것도 피곤했고요.

가끔 제가 평범한 여자아이였다면 제 인생이 어땠을까 상상해 볼 때가 있었어요.

하지만 저는 그런 상상 속의 리즈가 마음에 들지 않았어요.

저는 있는 그대로의 리즈가 좋았어요. 평범한 여자아이가 되는 건 절대 저의 선택지가 아니었죠.

저는 놀림을 당할수록 의지가 꺾이기보다는 오히려 여성적인 것들을 더 필사적으로 피하게 되었어요.

심지어 새로 오신 선생님도 저를 남학생으로 착각하셨어요.

198

세인트미카엘 안에서는 나에게 데이트를 신청할 남학생이 있을 것 같지가 않았어요. 저는 너무 튀는 아이였으니까요.

필리스랑 저는 브리와 친하게 지내기 시작했어요.
그 애는 저희의 흥미를 자극하는 미스터리한 과거가 있었죠.

그 애가 우리에게 해 준 이야기 포함 :

* 메스암페타민(필로폰) 중독에서 회복 중임.

(브레이킹 배드(BREAKING BAD, 메스암페타민을 만들어 파는 화학 교사가 주인공인
미국 드라마 — 역자)가 나오기 10년 전).

* 스무 살 남자와 사귀다 헤어졌다를 반복하는 관계임.

* 캡쇼에서 가장 인기 있는 여학생이었고, 가장 친한 친구 이안은
산타페 고등학교에서 가장 인기 있는 남학생임.

저 애가
네 친구
이안이야?

억, 손으로
가리키지 마.

지난주에 싸워서 걔가 아마
아는 척 안 할 거야.
내가 말을 걸어도 모르는
사람인 척할걸?

?

며칠 후 브리의 친구 윈이 전화를 했어요.

우리 한 시간 넘게
통화를 했죠.

물론!

너 렌과
스팀피라는
만화 좋아?

정말 우리는 공통점이 많았어요.
브리 말이 맞았나 봐요!

그렇지만 내가 제일 좋아하는 건
〈아 유 어프레이드 오브 더 다크〉
야. 그거 캐나다 드라마인 거
알고 있었어?

대박
마음에
들어!

윈은 주말에 쇼핑몰에서 만나자고 했어요 : 필리스는 윈의 남동생과
만나 보겠다고 나왔고, 브리는 데이트 주선자라 같이 나왔어요.

저기 왔다!

헉! 진짜
귀엽잖아!

윈

이란성 쌍둥이
에단

NIN

일기장에게, 태어나서 처음으로 내가 좋아하는 남자애가 날 좋아해줬어! 윌은 내 남자친구야! 정말 귀엽고 재미있어.

오늘은 쇼핑몰에서 같이 놀았어. 그리고 헤어질 때 그 애가 내 빰에 뽀뽀해줬어.

이렇게 짧은 기간동안 내 처지가 이 정도로 달라지다니 놀랍기만 해. 일주일 전만 해도 외로워서 죽을 것 같았는데, 이제는 나의 로맨틱한 미래가 눈부시게 빛나고 있어!

몇 주 동안 윌과 저는 전화 통화도 하고 매일 이메일도 주고받았어요.

지금껏 학교를 땡땡이친 적이 딱 한 번 있었는데, 바로 윌, 에단, 필리스,
브리랑 레오나르도 디카프리오가 나오는 로미오와 줄리엣 영화를 보러
갔던 때였어요.

같이 만나서 논 경험이 두 번밖에 없다는 사실만 빼면, 정말 완벽했어요.

난 너무 창피했어. 내가 사귈 수 있었던 유일한 남자 친구가 가짜였다니.

나도 진짜 기분이 안 좋아, 그러니까, 브리가 우리 둘 다 이용한 거 잖아. 브리는 네가 날 안 좋아할 줄 알았대. 근데 네가 나를 좋아하니까 질투가 나더래. 그래서 나더러 전화해서

정말 바보 같은 건, 브리가 윌을 소개시켜주지 않았더라면 난 윌을 알지도 못했을 거라는 거야. 브리는 내가 사랑에 빠지도록 만들었어. 언제든지 그 사랑을 다시 빼앗아 갈 수 있으니까 그런 것 아니겠어? 여태 생각해오던 게 사실이었나 봐. : 그 어떤 남자도 나를 좋아하지는 않을 거야.

믿을지 모르겠지만, 가장 어이가 없었던 건 오히려 브리가 나에게 화를 냈다는 거예요.

워은 마지막으로 편지를 보내왔어요. 아마도 사과 편지였겠죠.

CHAPTER 11

9학년이 끝날 때쯤 저는 세인트미카엘에서의 생활이 더 이상 저와 맞지 않는다는 느낌을 받기 시작했어요.

성적은 여전히 좋았지만,

방금 편지 받았다. 또 우등생 모임에 뽑혔다는구나.

오, 그래요?

종교적인 측면이 계속 거슬렸어요.

하늘에 계신 우리 아버지

이건 정말 나에게 아무런 의미도 없어.

8학년 남자애를 때려서 문제가 되기도 했어요.

내가 빌려준 돈 오늘 갚겠 다고 했잖아. 어서 줘.

야! 붉붉은 거잖아!

휙~

날 태워 죽일 셈이냐, 이 멍청아!

학교 끝나고 남아라.

으앙, 배야.

데굴데굴

게다가 마약탐지견이 필리스 사물함에서 대마초를 발견했어요.

필리스는 정말 큰 곤경에 처했지만 다행히 퇴학을 당하지는 않았어요.
대신 2주 동안 정학을 받았고, 외출 금지는 더 오랫동안 당해야 했죠.

할리 아주머니와 저는 우리가 가장 좋아하는 커피숍인 산타페 베이킹 컴퍼니에서 매주 글쓰기 모임을 갖고 있었어요.

잘 모르겠어요. 그냥 필리스랑 제가 다른 여자애들이랑 뭐가 다른 걸까, 그런 생각은 해 봤어요.

우리끼리 여자애들이 싫다는 이야기도 자주 했었거든요. 마치 저는 여자가 안 될 것처럼 말이에요.

… 왜요?

어쩌다가 너는 여자가 되지 않을 거라는 생각을 하게 된 거야?

제가 여자처럼 보여요?

응, 넌 여자처럼 보여.

엥? 저는 화장도 안 하고 치마도 안 입는데요!

210

그런 것들이 여자를 정의하지는 않아. 여자지만 남자 옷을 입을 수 있는 거지. 남자가 여자 옷을 입는 것보다는 훨씬 쉽잖아.

잘 모르겠지만, 단순히 옷의 문제가 아니에요. 여자에게 기대되는 행동 방식 같은 게 마음에 안 든다고나 할까요.

그거 재미있는 이야기네. 그럼 내가 다시 물어볼 테니 대답해 봐. 너는 여자가 싫은 거니?

아니면 여자에게 부여된 사회적인 기대가 싫은 거니?

둘이 다른 건가?

필리스의 외출 금지 기간이 끝나자, 저의 생활은 빠르게 제자리를 찾았어요.

"제자리"라는 건 필리스가 어떤 남자애를 좋아하면, 그 애도 필리스를 좋아하게 되고, 그럼 저는 거기 껴서 같이 노는 걸 뜻하죠.

담배 피는 곳은 학교 건너편 미개발지 안에 있는 작은 골짜기였어요.

우리 대안학교에 다녀. 저기 언덕 꼭대기에 있거든.

저 위에 학교가 있다고?

응! 뭐랄까, 우리가 공부하고 싶은 걸 자유롭게 하는 학교랄까.

어?

우리가 듣고 싶은 수업만 들을 수도 있고, 심지어 수업을 안 들을 수도 있어. 오늘은 선생님이랑 던전 앤 드래곤 보드게임을 했지.

이야기만 들어도 끌린다.

언제 한번 놀러 와.

그래, 나도 그 학교 가보고 싶어.

담배 고마웠어. 다음번에 만나면 먼저 인사할게!

잘가!

의문의 담배 피우는 숙녀들을 드디어 만나게 돼서 반가웠어.

저는 필리스의 열정이 고마웠지만, 필리스가 이렇게 나설 때마다 일이 잘 안 풀렸 기에 이번에도 조짐이 안 좋았어요.

매트랑 필리스가 원통형 미끄럼틀 안에 들어가 있는 동안, 저는 그네에 앉아 생각했어요.

CHAPTER 12

일기장에게, 학년이 끝나서 정말 상상할 수 없을 정
도로 신이 나. 이제 세인트미카엘 생활도 끝이야! 내년
부터 대안학교에 가는 걸 부모님이 허락해 주실지 몰라
어. 이제 새 남자친구와 새 학교에 다닐 수 있게 됐어!

지금까지 우린 한 달 정도 데이트를 했고, 윌과 브리 때처럼
장난질로 밝혀지지도 않았어. 정말 너무 좋았어! 딱 한 가
지 거슬리는 문제가 있다면 벌써부터 성적인 문제로 압박을
받는다는 거야. 그것도 더스티가 아니라 다른 사람에게.

필리스네 집에서 자는 날이면 밤에 몰래 집을 빠져나올 때가 많았어. 처음 몇 번은 정말 무서웠지.

하지만 불량한 생활에는 장점도 있더라고.

저는 승승장구했어요. 모든 일이 잘 풀렸죠. 16살 생일이 되기 직전에는 평생 바라던 꿈이 이뤄지기도 했어요.

어렸을 때 에곤 스펭글러(고스트버스터즈에 등장하는 캐릭터-역자)에 홀딱 빠진 이후로, 저에게 안경은 간절히 손에 넣고 싶은 세련미의 표시였어요. 그런데 그런 안경을 드디어 낄 수 있게 된 거죠. 텔레비전에 바짝 붙어 앉아있던 오랜 세월이 드디어 진가를 발휘하네요.

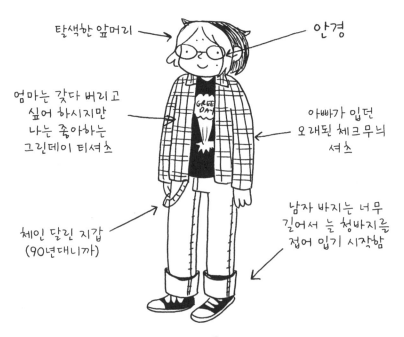

리즈 프린스, 톰보이, 16살

저는 만화 그리기에 더 열중하기 시작했어요. 더 스티의 단짝 프랭키도 만화가가 꿈이라고 했어요.

우리 대안학교에서 만화 수업을 같이 들었어요.

만화가 어쩌고 저쩌고

그리고 매주 만화 서점에 놀러 갔죠.

밀크 앤 치즈는 꼭 읽어봐야 해.

그리고 제일 좋았던 건, 새 학교에서는 아무도 저를 놀리지 않았다는 거예요.

아마 남자친구가 있으니까 레즈비언이라고 놀릴 이도 없었던 것 같아요.

우웩, 방을 잡아라 잡아!

아니면 학생 수가 22명밖에 없어서 일 수도 있고요.

이 조그만 건물에서 수업을 함.

하지만 저는 우리 모두가 평범하지 않기 때문에 내가 여기에 잘 어울리는 거라고 생각해요.

스팀펑크 스타일*, 앨런

고스족 스타일** 아이삭 그리고 잭

히피 스타일, 셸리

오타쿠 스타일, 프랭키

AKIRA

* 스팀펑크 스타일 : 서로 다른 시대의 패션을 섞는 스타일 — 역자
** 고스족 스타일 : 어둡고 암울한 분위기의 문화와 패션을 선호하는 스타일 — 역자

필리스는 학교가 끝나면 거의 매일 놀러 왔고, 최근에는 새 남자친구 샘을 데리고 오기 시작했어요.

아팠어?

응, 물론이지. 그런데 아파도 할 만한 가치가 있었어. 난 이제 더 이상 처녀가 아니야!

그러니까 이제 너랑 더 스티도 진도 좀 빼 봐. 이제 사귄 지 1년이 다 돼 가는데 진전이 없잖아!

솔직히 필리스와 저는 우리가 느끼는 것보다 이미 사이가 많이 멀어져 있었어요. 그 애는 늘 저보다 간절하게 여러 가지 경험을 하고 싶어 했어요.

약도 그랬고요.

같이 드라마민*을 먹고 취했을 때,

원래 이런 느낌인 거야?

나도 뭐라고 있었는지 기억이 안 나.

우린 너무 나른해져서, 라디오에서 나오던 음악이 끝나는 것만으로도 깜짝 놀랐었죠.

헉?!

내 심장!

가짜 마리화나를 피울 때도,

난 아무 느낌 안 나.

효과가 있어야 할 텐데.

둘 다 운전할 줄도 모르면서 필리스 엄마 차를 훔쳤을 때도,

멈춰! 기둥에 박겠어!

무슨 기둥?!

* 드라마민 : 항히스타민제, 멀미 예방약—역자

223

섹스에 관해서도요.

인생 뭐 있어? 즐기면서 살아!

툭

난 늘 '즐기면서' 평생을 살아왔어! 네가 갑자기 색정증에 걸렸다는 이유로 나를 압박할 수는 없는 거야.

난 좀 보수적인 편이라.

이제 필리스의 눈에 저는 도덕군자인 척 하는 사람으로 보일 것 같았어요.

이번 금요일에도 우리 집에 자러 오는 거지?

응

그래, 알았어. 그때 봐.

왜 그래, 무슨 일이야?

필리스가 또 섹스 문제로 나를 불편하게 만들어.

가끔은 그냥 거짓말로 해봤다고 해야 하는 건가 싶기도 해. 그러면 다들 더 이상 묻지 않을 거 아니야.

거짓말하고 싶으면 해도 괜찮아. 네가 원하면 나도 그렇게 할게.

응, 싫어. 아마 안 통할 거야.

우리가 섹스를 했다고 거짓말을 하면, 나중에 진짜로 했을 때 떠벌릴 수가 없잖아. 섹스는 여기저기 자랑하라고 하는 건데, 안 그래?

헤

어쨌든 나랑 섹스하면 분명히 자랑할 가치가 있을 거야.

누가 너랑 한대? 난 존 쿠삭이랑 하려고 나를 아껴두는 건데.

야!

금요일, 필리스는 남자친구들 없이 둘이서만 노는 데에 동의했어요. 우리는 예전처럼 '여자들만의 밤'을 보냈죠. 피자도 먹고 공포 영화도 보면서요.

몰래 빠져나갈까? 옛날 생각 하면서 공원에 가 보자.

야, 가자! 재밌을 거야!

에, 벌써 많이 늦었는데...

PIZZA

결국 저는 새벽 1시에 필리스 집 근처 공원으로 걸어가고 있었어요.

쟤가 왜 저렇게 서두르지?

너 여기서 뭐 해?

?

이건 우연이!

헤, 안녕

참 대단한 우연이네.

마을 건너편에 사는 네 남자친구가 새벽 1시에 공원에서 어슬렁거리고 있는 게 우연이라고?

저는 또 속아서 익숙한 상황을 맞았어요.

젠장, 가만 안 둬.

야, 많이 곪났어? 집에 가고 싶으면…

그래. 집에 갈래.

좋아, 집에 돌아가는 길은 알지? 난 여기 있을 거야.

절대 안 돼!

나 혼자 너희 집에 몰래 들어가다가 들키면, 너희 엄마가 날 죽일걸!

필리스를 거기에 혼자 두고 왔다고? 그러다 무슨 사고라도 나면 어떡할 거야?

씩씩

오들오들

후덜덜

으르렁

알겠어

우리 서로 아무 말도 하지 않았어요.

다음 날 우리 각자의 길을 갔죠.

CHAPTER 13

프랭키와 저는 절친한 친구가 되었고, 더스티가 있든 없든 같이 시간을
보내는 일이 많아졌어요.

비록 멤버가 프랭키, 더스티, 저뿐이었지만, 저는 그들과 스스럼없이 지냈어요.
우리 모두 공부는 잘하지만 사회생활 능력은 떨어지는 샌님 스타일이었죠.

저는 열일곱 살이 되었고, 드디어 나를 진심으로 인정해주는 친구들을
만난 것 같았어요.

놀림의 대상이 되지도 않았고, 관습을 따르지 않는 저의 젠더에 대해서도 고민할 일이 훨씬 줄었어요.

저 여자는 왜 우리를 기분 나쁘게 쳐다보는 거야?

우리가 둘 다 남자라고 생각하는 건가? 동성애혐오자 아니야?!

?

진심으로 굿윌 중고 마켓 남자 옷 코너만큼 좋은 곳은 없어.

리즈, 이 셔츠 어때? 내가 찾았는데!

13

하지만 때때로 어쩔 수 없이 그런 생각을 하게 될 때도 있었어요.

나도 저런 옷 입었으면 좋겠어?

뭐…? 아니!

저는 저와 비슷한 외모의 여자를 실제로 만나 본 적이 거의 없었어요.
영화나 텔레비전, 광고에서 그런 여자를 찾는 건 몇 배나 더 힘들었어요.

혹시라도 영화에 톰보이
캐릭터가 나오더라도,
영화가 끝날 무렵에는
다들 여성스러운 매력을
과시하는 사람으로 변신
하더라고요.

심지어 사회적으로 정형화된 톰보이의 이미지조차 제가 생각하는 것보다 훨씬 여성스럽더군요.

분홍색 →
야구 모자

길게 땋은
머리

그래도 신발은
맞게 신음 →

← 늘 멜빵
바지를
입음

마치 "저는 톰보이를 흉내 내고 있어요"라고 소리치는 듯한 외형이었어요.

자꾸 생각할수록 한가지 결론에 도달할 수밖에 없었어요.

확실히 나한테는 뭔가 다른 게 있나 봐.

새로 옮긴 학교 덕분에 이게 딱히 나쁜 건 아닐 수도 있다고 생각하게 되었지만, 그래도 종종 헷갈릴 때가 있었어요.

언니예요, 오빠예요?

수지!

괜찮아요

사실 나도 나 같은 사람을 본 적이 없긴 해.

학교에서는 사회봉사 활동이나 자원봉사를 많이 하라고 장려했고, 저는 웨어하우스 21이라고 불리는 10대들의 아트센터에 가서 일을 하기로 했어요. 거기서 저랑 동갑인 여자애를 만나 같이 일하게 되었죠.

* 펑크 스타일.
* 피아노와 베이스를 연주함.
  아마 어떤 악기를 갖다 줘도 다 연주할 듯.
* 나무 패널이 덧대어진 커다란 트럭을 운전함.
* 남한테 트집을 잡지 않음.

233

여긴 센터장님 방이야.

안녕, 난 제나야. 만나서 반갑다.

안녕 하세요, 리즈에요.

여긴 비디오 편집 스튜디오. 이 애는 제롬, 재수 없는 놈이지.

하

여긴 녹음 스튜디오. 작지만 영화에 목소리를 입힐때 써. 밴드 한팀이 단체로 들어온 적도 있어!

우와!

여긴 스크린 인쇄 스튜디오. 해 본 적 있어?

아니

뭐, 쉬워. 스크린 만들 때 가르쳐 줄게.

좋아!

HALFSIZE SFN RROCORE

그리고 여기가 연주실이야.

여기서 펑크 쇼하는 거 본 적 없지?

응, 산타페에 펑크 쇼가 있는 줄도 몰랐어.

정말? 언제 한 번 와서 봐. 하프사이즈라는 지역 밴드가 있는데, 진짜 잘해!

알겠어. 멋지겠다.

좋아!

이 친구 정말 괜찮다.

하이파이브

그래서 우리가 오늘 했으면 하는 일은 기증받은 잡지들을 정리하고 목록을 만들어서 잡지 도서관을 꾸미는 거야. 일단 시작이라도 해 보려고.

엄청 많네.

넌 저 무더기를 알파벳순으로 정리해. 난 이쪽 걸 할게. 그런 다음 합치자.

좋아

⁉

235

이것 봐!
만화책도 있어!

정의 DEFINITION

오오, 아리엘 슈락. 이 사람
끝내주지. 너도 만화 좋아해?

응, 직접 그리기도 해.

역시
대단한 애일
줄 알았어.

책으로도 낼 거야?

아니,
그게,
아직은···

무슨 소리야, 내야지.
책 내는 거 정말 쉬워!
여기 있는 것들 대부분도
그냥 복사한 거잖아!

괜찮은
아이디어가 좀 더
생기면 나중에.

그 책 빌려 가도 돼.

그럼,
물론이지.

정말?

오,
고마워!

그럼 이제 정리한 거 합쳐볼까?

그러자.

그래, 좋아. 난 주제별로 아홉 가지로 구분했어. 가장 일반적인 유형으로.

제일 많은 게 〈독립 잡지〉야. 아리엘 책은 여기에 넣으면 돼.

다음은 〈만들기 잡지〉야. 요리법이나 물건 고치는 법 같은 거.

다음은 음악 잡지.

원한다면 만화책만 따로 구분해도 돼.

비판조의 페미니스트 독립 잡지 덕분에 이렇게 새로운 사실을 알게 되다니! 저는 사회적인 규범에 도전하지 않고, 다른 사람들처럼 받아들이고 있었던 거예요!

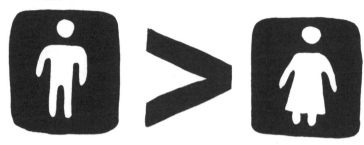

왜냐하면 우리 남자는 이래야 한다고 배웠거든요.

더 멋지고,

엽!

더 강하고,

더 똑똑해야 한다고.

사실, 멋진 친구 셔먼은…

반면 여자는 그저…

악!

여성성에는 오로지 한 가지 유형만 존재하고, 그것이 남성에 비해 열등하다는 생각에 저는 완전히 동의하고 있었어요.

나는 사회적인 방식에 따라 여성이 되는 걸 원치 않는다…

"나는 나만의 방식으로 여성이 되고 싶다."

저는 그날 밤 정의(DEFINITION) 라는 책을 읽었어요.

그리고 처음으로 저는 책 속에 비친 저의 모습을 보았어요.

비록 저의 롤 모델 대다수가 남자였지만, 자신의 위치에서 열심히 노력하고 있는 여자들도 여럿 있다는 걸 깨달았죠.

저는 엄마처럼 이해심 많고 따뜻한 사람이 되고 싶었어요.

넌 이상한 게 아냐. 넌 너일 뿐이야.

엄마니까 그러시죠.

할리 아주머니처럼 용감하고 현명한 사람이 되고 싶었으며,

여자가 되는 방법이 한 가지밖에 없다는 생각에 집착하지 않았으면 좋겠어

매기처럼 자연스럽게 멋진 사람이 되고도 싶었어요.

내 친구가 하는 밴드가 투어를 하는 중이야. 너도 쇼 보러 와.

또 아리엘 슈락처럼 열린 마음으로 솔직하게 만화를 그리고 싶었어요.

이건 정말 진짜야.

혹시 여태 제가 엉뚱한 곳에서 검증을 받으려 했던 것이 저의 문제였을까요?

저는 잡지 도서관 일이나 웨어하우스 21에서 시키는 잡다한 일을 하는
데 점점 더 많은 시간을 투자했어요.

그러니까
여기에는
왜 왔다고?

웨어하우스에서 쓸
사무용품 사러.
그리고 여기 마트 바로
옆이 포사스니까,
심부름 끝내면
치미창가(멕시코 요리)
먹으러 갈까 하고.

어,
잠깐만!

?

난 어렸을 때 이런
남아용 팬티 입었었어.

하하, 그거 괜찮은데!
몇 개 사자.

정말?
지금도 맞을까?

잘 모르겠지만 엑스트라 라지 사
이즈도 있으니까. 그리고 우리 엉
덩이가 아무리 커봤자 뚱뚱한 남
자애들 엉덩이보다야 크겠어…

244

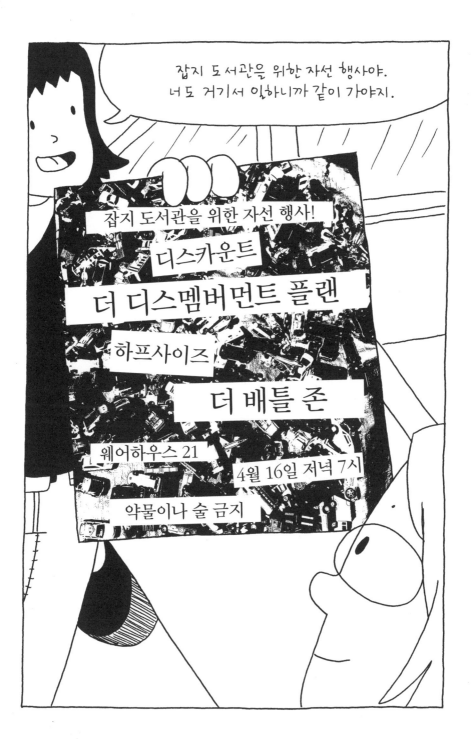

쟤한테 브리를 아는지 물어봐.

너 죽여 버린다.

물어보라니까.

어, 안녕, 난 리즈라고 해. 너 혹시 브리라는 애 알아?

거 참, 도대체 브리가 누구기에 만나는 사람마다 그 애를 아느냐고 물어보는 거지?

아마 개가 너랑 엄청 친한 사이 였다고 사람들한테 말하고 다 녀서 그럴 거야.

뭐? 말도 안 돼! 난 그런 애 만난 적도 없어! 정신 나간 애 아니야?

어쨌든 내 스토커에 대해서 알려 줘서 고마워.

악기 세팅 들어가자, 친구.

저 안경 쓴 애는 누구지?

AVAIL

물어보길 잘 했지?

꼭 그렇게 갑작스럽게 물어봤어야 했니?

너희 여기서 뭐 해?

원이 또 바보짓 하고 있어, 네가 말한대로.

쳇

248

안녕하세요, 우린 하프사이즈입니다. 와 주셔서 감사해요.

당시는 정확히 뭐라고 말해야 할지 몰랐지만, 지금 생각해보니 제가 드디어 저에게 잘 맞는 커뮤니티를 발견했던 것 같아요.

251

EPILOGUE

매사추세츠 주, 캠브리지, 하버드 광장, 2013년.

공짜 신문이요!

공짜 신문이요, 아가씨!

됐어요.

받아가요, 신사분.
공짜 메트로 신문이에요.

254

아니요, 됐어요.

"신사?!"

공짜 신문이요!

훗, 나 아직 안 죽었군!

리즈 프린스, 톰보이, 31살

the end.

ACKNOWLEDGMENTS

이 책의 초안을 먼저 읽고서 소중한 조언을 해 주고 매의 눈으로 편집을 해 준 완전 특별한 친구들 짐 케트너, 팀 핀, 조딘 본즈, 램지 바이어 그리고 조이 프린스 모두 고맙습니다.

편집자 다니엘 하몬에게 깊은 감사를 드립니다. 저의 비전을 키워주시고 제 고집을 견뎌 주셨어요. 저 때문에 많이 힘드셨다면 죄송해요.

카이 풍섬에게도 무한한 감사를 올립니다. 모든 초안 원고의 편집을 도와주셨을 뿐만 아니라 책에 수록된 잡지와 전단지 디자인도 해 주셨어요. 끈기 있게 저의 조언자가 되어 주셔서 고마워요.

그리고 우리 고양이들, 울프맨과 드라큘라도 고맙다. 15분마다 와서 안아달라고 날 괴롭혔지. 너희들이 없었더라면 난 온전한 정신 상태를 유지할 수 없었을 거야(읽지를 못하니 이 글도 못 보겠지만!).